異世界に救世主として喚ばれましたが、アラサーには無理なので、ひっそりブックカフェ始めました。

和泉杏花

22199

角川ビーンズ文庫

Savior's BOOKCAFE Story in Another world

CONTENTS

第一章　強制的に異世界へ
7

第二章　違う世界での生活
27

第三章　別の世界での出会い
46

第四章　交流
70

第五章　縮まる距離
94

第六章　訪問者と変化
115

第七章　変わっていく心
147

第八章　恋のお遊び
168

第九章　救世主
212

最終章　新しく生きるこの世界で
237

特別編　あなたが生まれ、共に生きていく世界
246

あとがき
259

Characters人物紹介

ツキナ（水森月奈《みずもりつきな》）

異世界の国・オセルへ転移させられたアラサーＯＬ。
モットーは堅実・安定、趣味は料理と読書。
ブックカフェを開くのが夢。

イル（ソウェイル）

オセル国の騎士団長。
救世主として王宮にやってきた少女のせいで最近お疲れ気味。
ツキナのブックカフェに客としてやってくる。

ベオーク

オセル国騎士団の副団長。
イルとは幼馴染み。
数々の女性と浮名を流したプレイボーイだったが……？

神様

ツキナを強制的に異世界の国・オセルへ転移させる。
生活に支障がないよう、
ツキナに様々な恩恵を与える（搾り取られたとも言う）。

異世界転移と救世主

異世界は神様が定期的に人間を送り込むことによってバランスを保っている。
送り込まれた人間たちはすさまじい魔力を持ち、救世主として生きることになる。
救世主のみに使える大魔法を覚えれば、世界を意のままにすることも可能。

Savior's BOOKCAFE Story in Another world
異世界に
救世主として
喚ばれましたが、アラサー
には無理なので、ひっそり
ブックカフェ
始めました。

本文イラスト／桜田霊子

第一章　強制的に異世界へ

真っ暗な空間に白く発光する球体が浮《う》かんでいる。

目の前に浮かぶそれは手の平大で、まるで太陽を小さくしたような光の球体だ。

その球体から低い男性の声が何やら色々と語り掛《か》けて来るのを、どこか現実味の無い感覚で聞き流す。

私はどうしてここにいるのだろうか、もしかしてこれは夢なのだろうか。

意味の分からない空間でこれまた意味の分からない球体に話しかけられる夢。

「聞いているのか？　水森月奈《みずもりつきな》、君に今まで生きていた世界とは違《ちが》う世界へ行ってもらいたい」

私の名を呼びながら確認《かくにん》するようにずっと同じことを語り掛けて来る球体は、自分の事を神だと名乗った。

こういうジャンルの本が最近流行《はや》っていたなあ、なんて言葉が頭の片隅《かたすみ》に思い浮かぶ。

最近メディア等で流行っている異世界転生や転移物の創作。

本の虫ってあなたのためにあるような言葉だよね、なんて友人達に言われる私だがあまり読んだ事の無いジャンルだ。

こんな夢を見るなんて実は読みたいと思っていたのだろうか、目が覚めたら買いに行ってみようか。

現実逃避《とうひ》の様にそんな事を考えていると、少し不服そうな声で目の前の球体がまた語り掛けてきた。

「そろそろ返事をしてもらいたいのだが」

三十三歳にもなって見る夢にしては流石《さすが》に現実的で無いというか、幼すぎる内容の夢の様な気がする。

ストレスでも溜《た》まっているのだろうかとも思ったが、日々はそれなりに充実《じゅうじつ》しているしそれは無いだろう。

長年働いている仕事は特にトラブルも無く、同僚《どうりょう》ともそれなりにいい関係を保っている。

プライベートで関《かか》わる事は少ない同僚達との関係だが、昼休みなどの会話は弾《はず》むし、ごくまれに終業後に共に出《で》掛《か》ける時も楽しく過ごす事ができていた。

本の虫である私は基本的には仕事を終えたらすぐに本が読みたくなるので、時折遊ぶ程度の今の関係はちょうどいい距離《きょり》間だ。

今日も仕事を終えて家へと直帰した私は趣味《しゅみ》の読書にいそしむべく、夕食を終えてすぐに本のページを開いたはず。

それが気が付けばこの状況《じょうきょう》に陥《おちい》っている。

「おい、真剣《しんけん》な話なんだ。ちゃんと聞いてもらえないか？」

「聞いています。なぜ私が他《ほか》の世界とやらに行かなくてはならないのですか？」

私が返事をした事で機嫌《きげん》が良くなったのか、球体がくるくると私の周りを回りだす。

そこまで明るい光では無いが、周りが真っ暗なせいでチカチカと眩《まぶ》しく感じた。

そういえば真っ暗にもかかわらず何故《なぜ》か自分の体はしっかりと見えている。

「選考は完全にランダムだ。今から君を送る世界にはもうすでに数名の人間を送り込んでいる。君は彼らと同じく選ばれたのだ。その世界を救う救世主となるために」

「ああ、他にもいるなら私は行かなくても良いですよね？」

「……は？」

私の返答が完全に想定外だったのか、ご機嫌な様子で私の周りを回っていた球体が目の前で止まった。

ふよふよと宙に浮く球体にはもちろん表情なんて無いが、驚《おどろ》いている事だけはわかる。

そのまましばらく固まっていた球体は、信じられないといった様子で私の顔の周りをグルグルと回りだした。

「異世界転移だぞ？　君の世界の書物でも流行っているはずだ！　他の子たちは大喜びで向かったぞ！」

「なら尚更《なおさら》私は行かなくても良いですよね。救世主だか何だか知りませんが、もうすでに何人か行っているのならその方達がやってくれますよ」

「いやいやいやいやっ！」

心なしか冷や汗《あせ》を流し始めたように見える球体はまん丸だった形を少し崩《くず》して、私の言葉を否定するように左右に激しく移動を繰《く》り返す。

この状況が夢だろうが現実だろうが私の答えは一つ、拒否《きょひ》だ。

「な、何故だ？」

「いや普通《ふつう》断るでしょう？　むしろ他の方が喜んで行ったことが私には信じられませんが」

「皆《みな》楽しみで仕方ない様子で向かったぞ。君の様に拒否されたのは初めてだ」

「楽しみ？　ああ、そう言えば先ほどその世界とやらに行った人達の事を他の子、と言いましたよね。その口振《くちぶ》りからして喜んで行った方々は若い子なのでは？」

「ああ、全員十代だったが」

そこになぜアラサーの私を入れるのだろうか、全員若い子で統一すれば良いのに。

「私もその子達と同じように十代の頃《ころ》なら喜んで行ったかもしれませんけれど、流石にこの年になれば色々と考えますよ」

異世界転移という言葉だけ聞けば確かにワクワクはする。

さっき目の前の自称《じしょう》神が軽く説明していたが、どうやらその異世界とやらはＲＰＧのような世界らしい。

剣《けん》と魔法《まほう》の世界で活躍《かつやく》する自分、新しい出会い、今まで見た事の無い物があふれる世界での冒険《ぼうけん》。

けれど少し考えれば、それが決して魅力《みりょく》的なだけのものではない事くらいはわかる。

「さっき戦いがある世界だと言っていましたね？」

「ああ、だから向こうの世界に送る前に願い事を叶《かな》えてやろう。こちらの世界の人間は向こうの世界に行くとすさまじい魔力《まりょく》をその身に宿す事になる。その力で救世主のみ使える数種類の大魔法を一つでも覚える事ができれば世界は意のままになる。それがあちらの世界の人間が君たちを救世主と呼ぶ由縁《ゆえん》だ。だから願い事は魔力のこと以外になるな。まあその魔力を更《さら》に底上げしてほしいというのならばそれもありだが。他の子達も強い武器や身体能力の強化、ああ外見の変化を願った子もいたな」

「私痛みには弱いというか、態々《わざわざ》痛いと思う所に突《つ》っ込んでいく趣味はありません。そもそも虫に殺虫剤《ざい》をかけるだけでも罪悪感を抱《いだ》くタイプですので、いくら強い武器や体を貰《もら》ったとしても魔物《まもの》を斬《き》りつけたりする事はできません」

ぐっと黙《だま》り込んでしまった球体にチャンスとばかりに畳《たた》みかける事にして口を開く。

「あのですね、私くらいの年代になると今までそれなりに生きてきた分の土台ができ上がっているんですよ。確かに仕事も大好きってわけでもないし、今いる世界が大好きってわけでもない。でもとりあえず自分の周りは安定しているんです。生きていけるだけ稼《かせ》げて、それなりに付き合える友達もいて。新しい世界は確かにワクワクするかもしれませんけど、それって自分の周りの環境《かんきょう》の構築のやり直しですよね。今まで生きてきた世界と全然違うみたいですし、常識やら文化やら全部捨てて覚えなおしでしょう？　新しい出会いって聞こえはいいですけど自分の事を知っている人が一人もいない中で人間関係を一から構築し直し。家も職も周りの友人も全部無くして人生リスタートするにはちょっと遅《おそ》かったですね」

普通に考えてもデメリットの方が多すぎる。

ただ転職したり引っ越《こ》ししたりするだけでも色々と面倒《めんどう》なのに、世界ごと変わるだなんて更に面倒だ。

「それでも行ってもらうしかないのだ、もうこれは強制に近い、いや強制だ」

先ほどまでの騒《さわ》がしさからは一変して、静かな声で目の前の球体が言う。

その声にどこか強制力がある気がして今度は私が押され気味になる。

「絶対に？」

「絶対に、だ」

「私さっきも言いましたけど、戦いとか絶対に無理ですよ！」

「あの世界はこちらの世界の人間を送りこむ事でバランスを保っている世界でもある。世界を救わなくとも救世主という強力な魔力を持つ人間がいる事で大気は安定し、豊富な資源が生まれる世界なのだ。戦ってほしい、救世主に大魔法を覚えてほしい、そう願っているのは向こうの世界の住人達であり、私としては向こうの世界で静かに過ごしてくれるだけでも構わない」

「…………」

強い口調で絶対だと断言されてしまう。

いまだ目が覚める気配も無く、夢では無いのだと何となくだが察し始めてもいる。

このわけのわからない空間から私を出せるのは目の前の自称神だけ。

そしてその神はこの調子だと絶対に元の世界には帰してくれなそうだ。

けれどこれが現実だというのならば、ここでの対応を間違《まちが》えてしまえば自分が困る事になってしまう。

どうしたものかと考え込む私に向かって、球体が少し間を開けた後に申し訳なさそうに声を発した。

「すまない、私には君を向こうの世界に送る選択肢《せんたくし》しかない。代わりに君の願いはちゃんと叶えた状態で送りこむ事を約束しよう。何かないのか？　例えば君が元の世界で叶えてみたかった夢でも良い。それが違《ちが》う世界でも叶えられるものならばそのための協力はいくらでもしよう」

「夢……」

自分で稼げている分結婚《けっこん》願望も無かったし、子供が欲しいとも思っていなかった。

自分一人の時間が有意義過ぎて、他人に時間を割《さ》く必要性を感じなかったともいう。

人との関わりは仲の良い友人達と時々遊ぶくらいで十分だったし。

だから自分の人生設計としては独身のまま定年まで働いて、その後は小さいお店でも出したいと思っていたのだ。

料理と読書が好きな私の「好き」を詰《つ》め込んだ小さなブックカフェ。

アンティークの落ち着いた小物に囲まれて、世界中から集めた自分好みの本を並べたお店。

儲《もう》けなんてそこまで無くても良い、常連さんが数人読みに来て、お店に人がいても私も本が読めるくらいの緩《ゆる》いお店が欲しい。

他の世界とはいえ、今すぐそれが叶えられるというのだろうか。

計画を立ててはいたし貯金もしていたが、そんなのは夢物語で難しいだろうと思っていた。

そういえば私が今までコツコツとしてきた貯金は、もう意味をなさなくなってしまったのだろうか。

なんだか余計に腹立たしくなってきた。

どちらにせよ、行かなくてはいけないのなら。

私の人生設計を崩してくれた分、目の前の神様とやらから搾《しぼ》れるだけ搾り取っていっても文句を言われる筋合いは無いだろう。

いきなり他の世界に飛ばされる慰謝料《いしゃりょう》代わりに貰えるだけ貰っていっても罰《ばち》は当たらないはずだ。

そもそもそうしなければ、よくわからない世界、しかも魔物がいるような危険な世界で路頭に迷う事になってしまう。

「本当に私はゆっくり過ごすだけでもいいいんですね？」

「ああ、それでいい」

「さっき協力はいくらでもと言っていましたけど、願いはいくつでもいいんですか？」

「かまわない、まあ今まで送りこんだ子達は一つしか願わずに向こうの世界へ行ったが」

「え？　複数可能だって教えてあげないんですか？」

「なぜだ？　彼らは一つでいいと思ったから一つだけ願って行ったのだろう？」

「いや、単純に勘違《かんちが》いしたんだと思いますけど」

まずい、この球体良い人に見えて実はそうでは無いのかもしれない。

いや、こんな話を持ってくる時点で良い人では無いのだが。

ここは細かすぎるくらいに願って行かないとまずそうだ。

さっきこの神が言っていた世界について必死に思い出す。

「えっと……魔物がいて、魔王《まおう》がいて、いくつかの国があって。敵対している国もあれば同盟を結んでいる国もある。通貨や言葉、基本的な常識は国が変わっても全部同じですか？」

「同じだ」

「私達の、救世主の存在に関してはどんな風に伝わっていますか？」

「ふむ、大体の国で救世主は求められている。先ほども言ったがこちらの世界の人間は向こうの世界で凄《すさ》まじい、いや桁外《けたはず》れと言ってもいいほどの魔力を持つ事になる。どの国も喉《のど》から手が出るほど欲しい存在だ」

「例えば私が自分から正体を話さなくても救世主だとわかりますか？」

「向こうに行った時点で体に救世主の刻印が浮《う》かび上がる。それを見られれば気づかれるだろうな」

「刻印？　まさか彫《ほ》るんですか？　痛いのも派手な印も勘弁《かんべん》してほしいんですけど」

「痛みはないし、派手なものでもない。刻印とは言ったが模様が浮かび上がるだけだ」

「ならその刻印の位置は指定できますか？」

「可能だ」

「じゃあ、目立たない場所……髪《かみ》の毛の下とか駄目《だめ》ですか？　こう、後頭部の髪をかきあげてもほぼ見えない辺りで」

肩甲骨《けんこうこつ》が隠《かく》れるくらいに伸《の》ばした髪をかきあげて場所を指し示す。

一度も染めた事の無い髪だが、黒い方が刻印とやらも目立たなくてちょうど良いだろう。

「わかった。だが普《ふ》通《つう》の魔《ま》法《ほう》なら平気だが、大魔法は使うと刻印が光るから目立つぞ」

「たとえ覚えたとしても絶対に人前で使わないようにします」

とりあえず基本的な文化も、救世主だという事を隠すための準備も大丈夫《だいじょうぶ》そうだ。

私はどれだけ求められたとしても戦えないという事実は変わらない。

たとえ強い魔力があろうとも敵の前に立ったが最後、ペチッとやられて終わるに決まっている。

三十年と少し生きて来て、自分の事は把握《はあく》している。

物語の主人公の様に戦う事なんて私にはできない。

できれば静かに暮らしたい、その為《ため》に救世主だという事は隠しておきたいところだ。

後は、その世界にある国のどこに行くかだ。

変な国に行ってしまえばお店どころではなく戦渦《せんか》に巻き込まれる事になるかもしれないし、魔物《まもの》だって私には脅威《きょうい》だ。

自衛がしっかりできていて平和な国があればそこがいい。

「今のところ一番平和で、自衛がしっかりできている国ってあります？」

「ああ、大きな国だが一つある。王族がそこまで身分に厳しくなく平和主義。そして騎士《きし》団の腕《うで》が良く、魔物の強襲《きょうしゅう》でもほとんど損害を出さない国だ」

「そこの国の領地内で市街地から少し離《はな》れた所に、住居を兼《か》ねた喫茶店《きっさてん》みたいな小さなお店が欲しいです。あんまり目立たない森の中とかに」

「町の外れに深い森があるからそこにするか。ざっとでいいから頭の中で理想の店を思い浮かべろ。それを基《もと》に造っておく。ただ森は深いから客はめったに来ないと思うぞ」

「そこまで働きたい欲《よく》がある訳では無いので。ゆっくり趣味《しゅみ》の料理と読書を楽しめればいいです」

そこまで言って、それでは生活の保証が無い事に気が付いた。

綺麗《きれい》事を言っている場合では無いのだ、生活費などをどうにかしなければいけない。

とはいえお店の位置を街中に移してもらったとしても、お客さんが入らなければ店は潰《つぶ》れてしまう。

そして色々な本を集めて読める環境《かんきょう》も欲しい。

「定期的に世界中の本とか食材とか日用品が欲しいんですけどどうにかなりません？　後お金も」

「注文が多いな……まあいい。これをやろう」

神がそう言ったと同時にキラキラと輝《かがや》くアンティーク調のロケットペンダントが目の前に現れる。

細身のチェーンに通されたペンダントトップは全体的に銀色で、ひし形の台座には大振《おおぶ》りの花のモチーフが描《えが》かれていた。

花の中心には小さな半透明《はんとうめい》の青い石がはめ込まれている。

目の前で宙に漂《ただよ》っているそれにそっと手を伸ばせば、手の上にポトリと落ちてきた。

見た目よりも軽い印象を受けるペンダントは、シンプルだが可愛《かわい》らしい私好みのデザインだ。

手の中に収まるほどのサイズのペンダントから少しひんやりとした感触《かんしょく》が伝わってくる。

ロケット部分を開けてみるが中には何もない。

このペンダントがどうしたというのだろうと球体の方を見つめる。

「それを握《にぎ》るとパソコンの検索《けんさく》画面のようなものが脳内に浮かぶ。文字の打ち込みも考えるだけでできるから検索して決定で取り出せ。神製だから壊《こわ》れないし君専用だから他《ほか》の人間にはただのネックレスだ。金銭も含《ふく》めて大体のものは出せる」

かなりの便利グッズだ、これなら行った場所が不穏《ふおん》でも最悪引きこもったまま生活できる。

このペンダントが、今から私にとっての生命線。

手の中のそれをぎゅっと握りしめる。

これがあれば生きていける、けれど無くしたら、奪《うば》われたら?

「無くしたり盗《と》られたりしても自動で戻《もど》ってきたりそれで出したものは疑われない、なんてオプションはつけられます?」

「……つけておこう」

私の勢いのせいか目の前に浮かぶ球体が若干疲弊《じゃっかんひへい》してきたような気がするが、遠慮《えんりょ》している場合ではない。

こっちは死活問題なのだ。

思いついた事は全《すべ》て言って確認《かくにん》しておかないとこの先まずい事になるのは目に見えている。

「戸籍《こせき》とかは無いんですよね？　書類が無いとはいえ自分の出自はごまかしたいんですけど」

「ならば戦争中に焼けて無くなった村の生き残りということにしておこう。向こうでは戦争孤《こ》児《じ》には一定の身分が与《あた》えられるからそれで差別をされたりする事は無い」

「言葉なんかは今までの世界と一緒《いっしょ》だと言っていましたけど、英語と日本語みたいに国ごとの言葉の差ってあります？　あるなら文字も言葉も全部理解できるようにしてほしいです」

「言葉は元々理解できるし話せるが、それ以外も自動で理解できる様にしておく」

思いつくものを全部言ってもポンポン叶《かな》えてもらえるので逆に不安になって来る。

でもたとえ強欲《ごうよく》だと思われようとも貰《もら》えるものは貰って、聞ける事は聞いておかなければならない。

ただでさえ平和ボケした世界で生きて来たのに、いきなり戦いが日常に組み込まれている世界に連れて行かれるという状況《じょうきょう》なのだ。

ここで変に遠慮したせいで異世界とやらで死ぬのはごめんだ。

「さっき魔力《まりょく》が強くなるって言っていましたよね？　魔法はどんなものが使えるんですか？」

「ほう…」

さっきまでポンポンと返事をしてくれていた球体が感心したようにそう呟《つぶや》き、私の周りをくるりと回った。

「どうかしました？」

「いや、何人も世界を渡《わた》らせてきたがその質問は初めて受けたなと思っただけだ。私は言われた物は与えるし、聞かれた事には答える。だが言われなかった物や聞かれなかった事にサービスで詳《くわ》しく答えるような事はしない」

「つまり、今まで世界を渡った人達は魔法に関しての知識は持たずに行ったって事ですか？」

「そうなるな。さっきの問いの答えだが、君たち救世主には魔力はあるが魔法は無い。君の世界の言葉でわかりやすく言うとすれば、マジックポイントは限界まであり魔法コマンドもある。だが使える魔法は一つも覚えていないという事だ」

「それなら魔法を覚えるにはどうすればいいんですか？」

「向こうの世界に行ってから現地の人間に教わったり教本を使って自力で覚える事になる」

「大魔法というのも？」

「かなり難しい古文書を解読して覚える事になる。原理も難しいから読んだだけでは使えないだろうな。救世主といえども覚えるためには相当な勉強が必要だ。それにさっきも言ったが、私としては救世主が覚える大魔法はおまけのようなものだ。向こうの世界の人間達はその大魔法で国を発展させたり守ったり、そして世界を平和にする救世主となって欲しいと思っている様だが、私はどちらかと言えば君たちがいる事で世界のバランスが整うという意味での救世主だと思っている」

なら大魔法は必要ないのではないだろうか、そう思ったがもしも大魔法を覚えた救世主がいる国が私が行く国に攻め込んで来た場合を考えるとまずい気がする。

「ちなみにある程度の魔法は向こうで魔法の教本を読めば扱《あつか》えるようになりますか？」

「そうだな……救世《せ》主と一括《ひとくく》りに言っても魔法のセンスはそれぞれ違《ちが》う。だが一般《いっぱん》的な魔法ならば数回練習すれば使えるようにはなるだろう。使っていく内に魔法の威力《いりょく》も上がり魔力の上限も上がっていく事になる」

「さっきあなたは言われた物は与えると言いましたよね。なら私が初めから大魔法《だいまほう》を使えるようにしてほしいと言ったらどうなりますか？」

「もちろん与えよう。魔力もそれに合わせて上がる事になる」

これは本当に言ったもの勝ちのようだと実感する。

努力せずに手に入れるのかと責められそうな事だが、そんな綺麗事と命だったらもちろん命の方が大切だ。

ここで大魔法を貰っておけばおそらく他の救世主よりも魔力は上がり、初めからその大魔法の恩恵《おんけい》に与《あずか》れる事になる。

「大魔法ってどんなものがあるんですか？」

「色々あるとしか言いようが無いが……最強の攻撃《こうげき》力を誇《ほこ》る攻撃魔法、最強の結界を張る防御《ぼうぎょ》魔法《まほう》、どんな病や怪我《けが》も治す回復魔法なんかがあるな」

「攻撃魔法と防御魔法は同時に存在できなくないですか？　どちらかが最強でなくなるんじゃ

「……」

「そこは使い手の魔力やセンス、経験によって決まる事になる」

「なるほど」

口に手を当ててしばらく考え込む。

攻撃魔法は却下《きやつか》だ、私には使いこなせないし咄嗟《とつさ》に相手を攻撃できるような性格はしていない。

回復魔法は良さそうだが、使う前に私が死んでしまっている可能性が高そうだ。

「大魔法は複数覚えられるんですか？」

「いくら救世主といえどもそれは厳しいな。一発放っただけで数日は魔力不足で寝込《ねこ》むようになるものだ。そもそも二つ目を覚えた時点で頭がパンクする代物《しろもの》だぞ」

「なら大魔法の防御魔法を初めから使える様にして下さい」

咄嗟に自分の身を守る事ができる魔法、これが一番私の生存率を上げそうな気がする。

攻撃されても一撃目《いちげきめ》を避《よ》ける事ができて距離《きより》が取れれば、その防御魔法で難は逃《のが》れられる。

一撃目で死んだり距離が取れずにパニックになればもうどうにもならないだろうけれど。

他《ほか》の魔法は教本で自力で覚えられるというのならば、そこはちょっと自分で覚えてみたい欲《よく》もある。

「ちなみにあなたの目から見て私って通常魔法は問題無く使えそうですか？」

「ああ、普通《ふつう》に使えると思うぞ」

「そうですか、じゃあ後は……私の存在って今までいた場所ではどうなるんですか？」

「幼い頃《ころ》に死んだことになるな。言い方は悪いが、君の境遇《きょうぐう》ならば不自然さは出ないだろう」

「……でしょうね」

まあいい、もしも行方《ゆくえ》不明状態だと同僚《どうりょう》や友人に心配をかけてしまう。

だったら初めから知り合わなかった事になる方が良いのかもしれない。

「もしもあなたの気や環境が変わって元の場所に戻る事ができる様になったら、その時は今まで通りの環境に戻して下さいよ？」

「そんな日は来ないと思うが、まあ約束しておこう」

了承《りょうしょう》の返事をした球体を見つめながら、後何か、本当にもう何か無いか頭を働かせた。

とはいえ今は頭の中が冷静だとは言い難《がた》い。

後からこれも願っておけば良かった、なんて思うのは目に見えている。

「向こうに行ったらあなたに連絡《れんらく》はとれますか？」

「普通ならここで終わりだな。たまに私が様子を見にいく事もあるかもしれないが」

「なら、連絡が取れるようにできますか？　その時に願いを叶えてもらうことは？」

「良いだろう。ただしこれこそ三回までだ。延長の願いも無し、向こうの世界で私は三回だけ君の呼び出しに応《こた》えて願いを叶えよう」

「ありがとうございます」

「ただし人間の生死に私は関《かか》われない。生き返らせることも命を奪うこともできないと覚えておいてくれ」

「わかりました。あ、まだつけてほしいものが……」

「まだあるのかっ？」

何だか神様の声に疲労感《ひろうかん》と悲愴感《ひそう》が混ざっていた気がするが、遠慮はしないとばかりに思いついた願いを口に出していく。

最終的に神様は二回り程《ほど》しぼみ、まん丸だった形を豆のような形へと変えていた。

発光具合も弱々しいものに変わり、なんだか点滅《てんめつ》している気もする。

そんなひどくげっそりした気がする神様に送り出される事になったが、後悔《こうかい》はしていない。

また何かあればこの神様とやらを遠慮《えんりょ》なく呼び出そう。

そうして極《きわ》めて現実的な願い事を詰《つ》め込んだ私の異世界生活は始まる事になる。

胸躍《おど》る冒険《ぼうけん》も無い、戦いも無い、外の世界ともなるべく関わらない、そんな異世界生活。

他《ほか》に連れて来られたらしい複数の若者達、直接的に世界を救うのはあなた達にお任せするので、申し訳ありませんがよろしくお願いします。

第二章　違う世界での生活

一瞬《いっしゅん》の浮遊感《ふゆうかん》と、頭の中がぐるりと回るような感覚。

気が付けばどこかの室内で座り込んでいた。

足元と頭上にはキラキラと光の粒《つぶ》を発している大きな魔法陣《まほうじん》。

少しふらついたが、そのまま立ち上がって室内を見回す。

何も無い室内だが壁《かべ》や床《ゆか》は新しく、光を反射して輝《かがや》いている。

新築の家に入った時の独特の香《かお》りがした。

クリーム色の壁の一方には、黒い窓枠《まどわく》でアンティーク調にデザインされた出窓がある。

私のイメージを利用して造ると言っていた神様の言葉通り、私好みのデザインの窓だ。

そちらに歩み寄って外開きの窓を軽く押せば、思ったよりもひんやりとした感覚が手に伝わり窓が開いた。

開いたと同時に冷たい風が吹《ふ》きつけて来て、体に震《ふる》えが走り肩《かた》を抱《だ》きしめる。

窓から見えた風景は一面真っ白だった。

「雪？」

吐《は》く息が白い、外は分厚い雪が降り積もっており、吹きつける風で凍《こお》ってしまいそうだ。

ここは神様が言った通りの森の中のようで、周囲には雪を被《かぶ》った木しか見えない。

何の対策もせずに外に出ればあっという間に腰《こし》まで雪に埋《う》まってしまうだろう。

この窓は家の二階、正面部分にあるようで、家の玄関《げんかん》に当たる部分からは道が延びている。

道には雪は積もっていないようだが、これも魔法とやらなのだろうか。

「寒っ」

急いで窓を閉めて振《ふ》り返ると、私が出てきた魔法陣はもう消えていた。

冷えた手をこすり合わせながら何も無い空っぽの部屋を少し見つめた後、まずは家の中を見て回る事にして歩き出す。

ここは家の二階、どうやら居住スペースのようだ。

さっきまでの不安が無くなった訳では無いが、現金な事にちょっとワクワクして来た。

部屋のドアを開ければ廊下《ろうか》と階段が見え、この部屋とは別のドアが複数設置されている。

胸の奥から湧《わ》き上がる期待で少し早足になりながら、一番近いドアから順に開けていく。

二階にあったのは洋室が三つと水回りだった。

どの部屋も優《やさ》しい印象を受ける白みがかった床材《ゆかざい》と壁で形成されていて、広さも申し分なくクローゼットなども充実《じゅうじつ》している。

一人暮らしには十分どころか広すぎるくらいだ。

ファミリー向け物件なのではないかと思えるくらいの広さだが、おそらくここで過ごしている間に本がスペースを侵食《しんしょく》してくるだろう。

いっそお店とは別に一部屋本棚《ほんだな》で埋めても良いかもしれない。

「そうだ、一階はお店のスペースのはず」

二階を一通り見て回った事もあり、一番気になる一階へ向かうべく階段を下りる。

やはりここがお店のスペースらしい。

小さいながら設備の良いキッチンと広い部屋。

窓も大きく日当たりもよさそうだ、天候はあいにく雪だけれど。

玄関と入り口に当たるであろうドアを開ければ、さっき二階から見た道と広い庭がある。

この道を辿《たど》れば町などがあるのだろうか。

道には雪が無いのでスリッパのまま数歩外に出て、振り返って家を見上げる。

「……素敵《すてき》」

思わず感嘆《かんたん》のため息がこぼれる。

レンガ造りのアンティーク調の家は私が思い描《えが》いていた理想そのままだった。

温かみのあるオレンジやブラウンのレンガを中心に造られた建物。

窓はすべてさっき二階にあった出窓と同じ様に、黒い窓枠でアンティーク調のデザインになっていた。

ジッと建物を見上げていたが、また体に震えが走ったので一度家の中へ戻《もど》る。

基本的な設備以外は何も無い部屋だが、家具などはあのペンダントで出せるだろう。

「そうだ、試《ため》してみないと」

念のため扉に鍵《かぎ》をかけてから壁の前に立つ。

まずは何を出そう、寒いし暖炉《だんろ》でも設置してみようか。

大体のものは出せると言っていたし、まさか大きなものは出せないという事も無い筈《はず》だ。

「ええと」

何となく目を閉じてからペンダントを握《にぎ》りしめる。

ポン、と頭の中に検索窓《けんさくまど》と検索の文字が思い浮かんだ。

本当だったと感動しながら暖炉、と思い浮かべてみると検索窓に暖炉の文字が入る。

検索ボタンを押すイメージを浮かべると、一瞬置いて様々な暖炉が頭の中に並んだ。

「おお……」

ワクワク感が最大限に高まって来たところで、自分がこれ、と思った物を選んでみる。

選んだ瞬間《しゅんかん》、目の前には元からあったかのように暖炉が設置された。

火は自動で点《つ》くらしく説明書通りの手順を踏《ふ》めば暖炉の中で炎《ほのお》が燃え上がる。

パチパチと炎がはじける音と暖かい空気に大きく息を吐き出した。

冷えていた指先がじんわりと温かくなってくるのを感じる。

大丈夫《だいじょうぶ》、これならやっていける。

よし、と気合いを入れなおしてまずはお店を整えてしまおうと決めた。

そういえばこの世界の電気系統はどうなっているのだろう。

後で色々調べてみようと考えながら、部屋を見回して家具の配置を考える。

大まかな位置を決めてからペンダントを握りしめた。

目指すデザインは建物と同じアンティーク調のちょっと重厚《じゅうこう》感のある部屋だ。

昔の外国の映画の図書館の様に、木製の本棚に囲まれた空間。

頭の中で沢山《たくさん》の本棚を見て、悩《なや》みに悩んでようやくこれだというものを見つけて設置する。

暗めの茶色や黒色の本棚は、手を伸ばさなければ一番上の段に届かないくらいの高さだ。

同じ本棚をずらりと並べ、次はテーブルと椅子《いす》、小物、調理器具、調度品……

椅子は読書向きのゆったりと座れるタイプの一人用のソファをいくつかと、三人ほど座れるソファも一つ買っておいた。

家具も小物もすべてアンティーク調の温かみのあるデザインだ。

そうして自分の理想をこれでもかと詰め込んだ頃《ころ》には、もう外は真っ暗になっていた。

すぐにオープンしなければならない理由も無いし、店作りの続きはまた明日《あした》にする事にして二階に上がる。

先ほど作業の途中《とちゅう》で一度手を止めて参考になりそうな本を出して調べたが、ここのエネルギーは魔法《まほう》によって賄《まかな》われているらしい。

すべての人間が魔法を使える訳では無く、そういった人たちの為《ため》に込められた魔力《まりよく》で自動的に動く物がある。

元の世界でいえば電力の代わりが魔力、そして魔力が無い人たちが使うものは電池式の物、そんな感じなのだろう。

魔法も覚えてはみたいが、今日のところは魔力を必要としない道具を使う事にした。

明日はさっそくこの世界の本を見てみようか。

何のジャンルが良いだろうかとワクワクして二階の居住スペースに戻った私の目に飛び込んで来たのは、来た時と同じ様に何も無い部屋だった。

「……こっちもあったんだった」

まずは生活環境《かんきょう》を整えるべきだった。

とりあえず最初にここに来た時に着いた一番大きな部屋をリビングにする事にして、テーブルと椅子を出しておく。

良くわからない世界に飛ばされてハイになっていたのかもしれない。

椅子に腰掛《こしか》けるとドッと疲《つか》れが出てきた気がした。

もう今日は夕飯を食べてさっさと寝《ね》てしまおう。

料理好きの身としてはこの世界にはどんな料理があるのかも気になるが、今は疲れの方が勝《まさ》っている。

このペンダントは食べ物も出せるようなので、試しに一つ出して食べてみた。

「…………」

不味《まず》い訳では無い、ただ喩《たと》えるならば外食やコンビニ弁当を食べている気分だ。

美味《おい》しいには美味しいが毎日は確実に飽《あ》きる。

読書と同じ様に料理も好きなので、明日からは食材を出して自炊《じすい》しよう。

自分で作った方が自分好みの味付けにできるし。

そうだ、カフェのメニューも考えなければ。

早々に食べ終えてお風呂《ふろ》やベッドなどの最低限の物を出して眠《ねむ》る支度《したく》を整える。

ベッドに潜《もぐ》り込めばあっという間に睡魔《すいま》が襲《おそ》って来た。

もしも目が覚めてすべて夢だったなら、私は安堵《あんど》するのだろうか、それともがっかりするのだろうか。

薄《うす》れていく意識の中でそんな事をぼんやりと考える。

本当に一人きりの世界での生活の始まりだ。

次の日、ベッドしかない部屋を見つめて一瞬戸惑《いっしゅんとまど》って、夢でない事を実感した。

起き抜《ぬ》けで一つため息を吐《は》いてから布団《ふとん》を出る。

窓を開ければ相変わらず冷たい風と積もった雪、けれど太陽は出ている。

昨日は雪のせいで分厚い雲に覆《おお》われていた空は青く、元の世界と変わらない。

「この世界にも太陽はあるんだよね」

これが夢でないのならば、そろそろ現実と向き合う時間だ。

どうしたって時間は経《た》つし、何をしていても次の日は来る。

私がやるべきことはここで地に足をつけて生きていく事だけだ。

そう決めた途端《とたん》に、心の中がすっきりした気がする。

今まで生きて来た三十年近くを捨てて、ここで生きていく。

「せっかく環境は整えてもらったんだし、もう精一杯《せいいっぱい》楽しもう」

魔法も使ってみたいしこの世界の本も読みたい。

カフェの準備もあるし、しばらくは楽しい忙《いそが》しさが続きそうだ。

不安を振《ふ》り払《はら》って、ワクワクした気持ちで二日目の朝は始まった。

居住スペースの方に思いつく家具や服を出し、ある程度生活の基盤《きばん》を整えたところでお店のスペースに向かう。

住んでいる内に必要な物があればその都度出せばいい、すごく便利だ。

お店の様子は昨日中断した時と変わっていない。

空っぽの本棚《ほんだな》以外は理想通りのブックカフェになっている。

本棚が多いので少し店内は狭《せま》いが、個人の趣味《しゅみ》のお店ならばこれで十分だろう。
少ないテーブルと椅子、カウンター席も三つほどしかない。
ただ店内の物はすべて読書向きの良い物を選んだつもりだ。
後は、何が必要だろうか。
もし自分がこういうお店に行った時に欲しい物は何だろうと思案する。
「……個室？」
少し考えて、ブックカフェとは少し違《ちが》うがネットカフェの個室を思い出した。
一人きりの人目を気にしない部屋での読書、寝転《ねころ》がっても良い。
「個室か、このペンダントで増設できたりしないかな」
試しに、と壁《かべ》の方を向いてペンダントを握りしめる。
一瞬《いっしゅん》の間があって、そこに元々あったかのように目の前に扉《とびら》が現れた。
ドキドキしながら開けてみれば、小さな部屋ができている。
部屋にベッドと机、椅子を設置すればこれも理想通りの部屋になった。
ざっと店内を見回す。
落ち着いた色でまとめた、アンティーク調の隠《かく》れ家《が》の様なブックカフェ。
自然に笑《え》みが零《こぼ》れる。
「よし、本を選ぼう」

一番楽しみだった作業の始まりだ。

歴史書、おとぎ話、文学、画集、絵本に推理小説。

詩集に神話に、魔法の教本、辞書に雑学系。

思いつくままに検索《けんさく》して本棚に詰《つ》めていく。

「……ああ、これ読みたい。でもこっちも面白《おもしろ》そう」

興味がそそられる本が多すぎる。

一冊ずつ読みたいところだが、読み始めてしまえばきっと止まらなくなってしまう。

気を抜けば表紙を捲《めく》ってしまいそうな衝動《しょうどう》を抑《おさ》えつつ本棚を埋《う》めていく作業。

本当はペンダントで自動的に本棚の中へ入れられるらしいのだが、私はこうやって一冊一冊入れ方を考えながら詰めていく作業が好きなのだ。

わざと別の場所に出してから自分で持ち運んで詰めていく幸せな時間。

そして気が付けば一日目と同じく外はもう暗くなっていた。

最後にペンダントから出した魔法の教本を持って二階へと上がる。

お店の準備は整った。

本はこれからも好きな時に出して追加していくつもりだ。

こんな森深くではあまりお客さんは来ないだろうが、それでもオープンするのはもう少し後にする事にした。

後は寝る前に今日もう一つ楽しみにしていた事をやろうと思う。

二階のキッチンの前に立って、ペンダントで出した食材を目の前に並べた。

もう一つの趣味である料理、読書の方が好きではあるがこちらも好きな事に変わりはない。

目の前に並ぶ食材は少ないが、この世界にしかないような食材と調味料が交ざっている。

調味料の蓋《ふた》を開け少しずつ舐《な》めて味を確かめていくのが楽しい。

このソースは魚に合うだろう、独特の味がするこっちの粉は香辛料《こうしんりょう》だろうか。

一通り舐めてみて、気に入った味の物をチョイスしてから調理に取り掛《か》かる事にした。

「これ何の魚なんだろう？」

動物や魚の見た目はほとんど元の世界と同じ様でありがたいが、見た事のない動物もいる。

今まな板の上に載《の》っている魚も見た事がない種類だが、食べられることはわかったので元の世界と同じ様に捌《さば》いてみることにした。

「……多分白身魚、かな？　とりあえずそのつもりで作ってみよう」

米などの主食は美味しい物があって良かったと安堵しながら、熱したフライパンにバターを落とす。

熱で溶《と》けてどろりとしたところにさっきの魚に軽く粉を叩《たた》いた物を滑《すべ》り落とした。

じゅう、という音とともにバターの焼ける香《こう》ばしいにおいが広がり、お腹《なか》が小さく音を立てる。

店づくりが楽しすぎて朝も昼もペンダントで出した物で軽く済ませたのだが、作業が一段落したせいもあってすごくお腹が減ってきた。

両面こんがり焼いて火が通ったところで、同時進行で作っていた野菜のスープと共に器《うつわ》に盛りつけてテーブルに運ぶ。

「いただきます」

この世界の調味料で作ったソースと絡《から》めて食べれば、初めての味が口の中に広がる。

野菜も美味しい、この国の特産だというものを選んだが正解だったようだ。

「美味しい、やっぱり自分で作った方が良いな」

口の中に広がる味に舌鼓《したつづみ》を打ちながら、明日《あした》はどんな料理を作ろうかと考える。

そうだ、元の世界でも色々な国の料理を試《ため》していたが、この世界にも知らない料理や食材が大量にあるのだ。

元々いた世界は取り上げられてしまったけれど、良いこともあるのだなと嬉《うれ》しくなる。

そうして夕食をしっかり味わって食べてからソファに座り、魔法《まほう》の教本を開いた。

これは完全に子供向けの物だが、初めて魔法を試してみるにはちょうどいいだろう。

一番の基礎《きそ》らしい風を起こす魔法を教本の指示に従って使ってみることにして、手の平を上に向けた状態でそこに力を集めるイメージを浮《う》かべてみる。

広げた手の平の上に魔《ま》法陣《ほうじん》の様な物が浮かび上がり、そこから発せられた柔《やわ》らかい風が前髪《まえがみ》を揺《ゆ》らした。

「……はあ」

感嘆《かんたん》のため息が零れる。

これが、魔法。

ゾワリと鳥肌《とりはだ》が立ち、謎《なぞ》の感動が爆発《ばくはつ》しそうなくらいにあふれ出して笑みが零れた。

興奮が止まらない心のまま教本の次のページを捲る。

読書に料理にお店づくり、そして魔法。

やりたい事が多すぎて時間が全然足りないなと苦笑《くしょう》した。


そうして次の日からも本を出しては棚《たな》に詰め、詰めた先から読破しつつも魔法を覚える日々が続いた。

色々な料理を作って楽しみながらもカフェのメニューを大量に試作し、ようやく開店してから早二か月ほど。

この世界に来てから三か月は経っただろうか。

見事にお客さんの来ない日々を、延々読書や魔法の勉強などに充《あ》てて満喫《まんきつ》している。

魔法は様々なものがあり、戦いに身を置く人たちは攻撃《こうげき》や回復魔法を主に使うようだ。

どちらも人によっては使えたり使えなかったりするらしく、攻撃ができるから回復もできるという訳ではないらしい。

それ以外にも生活と魔法は切っても切り離《はな》せないほどに密接に関係している。

魔法が使えない人もいるし、どのくらいの魔法が使えるようになるかは人それぞれ。

色々試してみた結果、貰《もら》った大魔法の影響《えいきょう》なのか私の性格の影響なのかはわからないが、私が得意な魔法は防御《ぼうぎょ》や回復系、そして日常の細々《こまごま》したものが中心のようだ。

いつの間にか使える事が当たり前になった魔法が増え、お店の暖炉《だんろ》も前で手をかざせば炎《ほのお》が燃え上がる。

初日は元々暖炉にあった魔力《まりょく》を使ったが、今は自分の力で点《つ》ける事ができるようになった。

この暖炉には辺りに燃え移らない魔法もかけてある。

本が多いこの店にはなくてはならない魔法だ。

私が現在住むこの国は「オセル」という名前らしい。

一年を通して常に雪が降りしきる雪国で、ここに来た時に考えた通り全《すべ》ての道には雪が積もらない様に魔法が掛かっているそうだ。

王が治める大国の一つ、その王が妻を一人しか娶《めと》らなかったので子供は王子二人と王女一人。

他《ほか》の一夫多妻制の国に比べると子供の数は少ないが、家族仲が良く世継《よつ》ぎ争いもない。

防衛的には騎士《きし》団が機能しており、国の周りも高い壁《かべ》で囲まれているので雪と相まって要塞《ようさい》化している。

定期的な騎士団の魔物討伐《まものとうばつ》もあり、騎士団長と副団長の腕《うで》が良いため他の大国に比べて平和であるようだ。

戦争になったり魔物に襲《おそ》われたりしたら真っ先に死んでしまいそうな私にはありがたい。

そしてこの国、というよりもこの世界の主な交通手段は馬だ。

魔法があるので不便さは感じないが、電化製品などはもちろんなく、私が生まれ育ったあの世界より文明レベルはずいぶん下なのかもしれない。

ただ食べ物や常識などは通じる所があるため、あくまでここは別の世界という事で色々と納《なっ》得《とく》している。

問題なのはその馬だ。

こんな森の奥に建つこのお店に来る人がいるのならば、ほぼ間違《まちが》いなく馬で来るだろう。

店の外の庭のスペースに廏《うまや》と運動できるようなスペースを造って、雪が積もらないように屋根をつけて暖かい空気が循環《じゅんかん》する結界で囲った。

勿論《もちろん》水場やえさ場も完備、馬が好きな草が豊富に生《お》い茂《しげ》る様になっている。

馬が必須《ひっす》の国だけあって馬に関する専用の魔法の教本があった事には驚《おどろ》いたが、とても助かった。

掃除《そうじ》の自動化までできるというのだから魔法様々だ。

救世主という事で私の魔力が高いのはあの神様の言う通りだった。

最初は子供向けの魔法から覚え始めたのだが、魔力が高いせいかかなり高度な魔法も難なく使いこなす事ができている。

ただしなぜか攻撃魔法《こうげきまほう》はうまくいかず、その威力《いりょく》は直接平手打ちをした方が強いのではないかと思うくらいだ。

本気で何かを攻撃しようと思った事はないので、実際はどうなるのかはわからないのだが。

しかしその反面、結界などの防御系の魔法はかなり強いものが使えた。

これなら大魔法でなくても身を守れるだろう。

今は回復系の魔法を覚えているのだが、やはり自分が知らない事を覚えていくのは楽しい。

生活に便利な魔法を次々と覚えながら、カフェで役に立ちそうな魔法を使う日々。

店内に音楽を流す魔法、来客を告げる音を頭の中にだけ流す魔法、本が汚《よご》れないようにする魔法……それ以外にも覚えるのが楽しすぎて何に使うのかよくわからない魔法まで覚えてしまっている。

そして魔法の中でも救世主のみが扱《あつか》える大魔法がいくつかあり、修得した救世主がいる国は世界を統一できるほどの力を得ると言われていた。

救世主は魔力はすごいが魔法自体は覚えないと使えないため、救世主を得た国はトップクラスの教師をつけて必死に魔法を覚えてもらおうとするらしい。

今の時点では大魔法を覚えた救世主はいないようだけれど。

私が神様にもらった結界の大魔法、使えばこの国を丸々囲える上に大きな怪我《けが》の自動回復機能までついているらしい。

使ったら一発で救世主だとバレてしまうだろう。

自分の事はわかっているし、現実はしっかりと見えている。

どれだけ祭り上げられようとも、どれだけ期待されようとも、私には魔物退治なんて絶対にできない。

努力とかそういう問題ではない。

他人に攻撃意志を持って害するという行為《こうい》を積極的にする事はできないというだけだ。

例えばこの力を持ったまま猛獣《もうじゅう》の檻《おり》に放《ほう》り込まれたとして、襲い掛《か》かってくる猛獣を適切に対処しながら殺す事なんて私にはできない。

猛獣が眠《ねむ》っていたりして抵抗《ていこう》できない状態だったとしても、今度は可哀想《かわいそう》で攻撃できないだろう。

自分が命の危機に陥《おちい》ったとしても咄嗟《とっさ》に動けるかどうかすらも怪《あや》しい。

平和ボケした国で大人になった私には荷が重すぎる。

だから絶対に救世主だという事はバレないようにしなければならない。

高度魔法は使っても平気だろう。

使える人間はごくごくわずかとはいえ、魔法自体は確かに存在しているのだから。

この世界の人達が救世主の目印にしているのは、体に現れると言われている刻印だ。

髪《かみ》の毛の下、おまけに後頭部にある私の刻印はよほどの事でなければ見つからないだろう。風が吹《ふ》いて髪が揺れたくらいでは見えない位置だ。見る事ができるとするならば至近距離《きょり》でかきあげた時、そして大魔法《だいまほう》を使って光ってしまった時くらいだと思う。

髪を束ねる事で更《さら》に見えにくくなっているので、滅多《めった》な事では気付かれたりしないはずだ。

何となく、窓の外を見つめる。

外出していないせいもあるが、ここが別の世界だなんて信じられないほどの平和な日々。

大好きな読書に浸《ひた》り、メニューを考えるために料理を作り、魔法を覚えた数か月間。

「今日もお客さんは来ないかな」

来なければ来ないで、いつも通りの時間を過ごすだけだ。

なんせこの世界に来たばかり、読んだ事の無い本の方が多いので時間はいくらあっても足りない。

ドアの鍵《かぎ》を開け、外にブックカフェと書かれた看板を出して扉《とびら》にオープンの札をかける。

馬小屋の方には使い方の説明を書いた看板も立てたので、もしお客さんが来ても大丈夫《だいじょうぶ》だろう。

そうして店内へ戻《もど》った私は、午前中に最近夢中になって読んでいたシリーズ物の本を一冊読み終え、お昼を食べてから新しい本を本棚《ほんだな》に追加する事にした。

じっくりと読み進めているのでまだ読んでいない本も他にあるのだが、午前中に読んでいた本に続きがある事を知って我慢《がまん》できずにシリーズ全てを仕入れたのだ。

この続き部分の本は作者が戦争で亡《な》くなった後に様々な理由から絶版になっており、通常ならばもう手に入らない物だった。

前作が気になる所で終わっていたので、この本のファンは必死に探しているだろう。

ただし私にはこのペンダントがある。

ペンダントで出した本を抱《かか》えている今の方が、初日に家具を出した時より楽しくて幸せだ。

零《こぼ》れる笑《え》みを抑《おさ》えられないまま、次の部分の本を取り出して残りの本を棚へしまい込む。

そうしてその本を読み始めてしばらく、時刻が夕方に差し掛かった時だった。

集中して読み進めたためか一冊読み切ったので、次の巻と交換《こうかん》するために本棚へ歩み寄る。

目当ての本を抜《ぬ》き取って、代わりに持っていた本を戻そうとした時、今まで鳴る事の無かった来客を告げる音が頭の中で響《ひび》き渡《わた》った。

ゆっくりと開いていく扉と隙間《すきま》から吹き込んで来る冷たい風。

音を立てない様に静かに扉を閉めた人物が、被《かぶ》っていた雪除《ゆきよ》けのフードを外す。

肩口《かたぐち》で切り揃《そろ》えられた黒髪《くろかみ》が揺《ゆ》れて、落ち着いた印象を受ける灰色の瞳《ひとみ》がゆっくりと店内を見回してから私の方を見た。

第三章　別の世界での出会い
「いらっしゃいませ」

スラッと言葉が出たことに自分でも安堵《あんど》しながら、胸に本を抱えたまま初めてのお客様を見つめる。

私より少し年上か同年代くらいの男性が一人。

キリッとした顔つきで美形という言葉が似合う綺麗《きれい》な人だ。

少し怖《こわ》そうな、けれど真面目《まじめ》そうな印象も受ける。

以前本で見た騎士団の制服に身を包んでおり、腰《こし》には美しい装飾《そうしょく》の剣《けん》を着けていた。

私の声に反応した彼がこちらを見て、一瞬《いっしゅん》体をこわばらせる。

どこか気を張ったような瞳だ。

一拍《いっぱく》おいて彼の方から声を掛けてくる。

「馬は外の広場に放したがよかっただろうか？」

「はい、盗難《とうなん》防止の結界も張ってありますしご自由に遊ばせてあげてください。放したくなければ広場の端《はし》にある小屋に繋《つな》いでおく事もできますが」

「ならこのまま放させてもらおう。ブックカフェ、と表にあったが……」

「はい、店内の本はご自由にお読み下さい。店には本への汚れ防止の魔法をかけておりますので、行儀《ぎょうぎ》は悪いかもしれませんが飲食しながら読んでいただいてもかまいませんよ？」

冗談《じょうだん》交じりでそう言うと、彼の張り詰《つ》めたような雰囲気《ふんいき》が少し崩《くず》れてフッと笑みが零れた。

その視線が店内の本棚、そして私の抱える本へと移り、目が大きく見開かれる。

次に彼の口から零れた声は少し震《ふる》えていた。

「その本は、もう絶版では……」

「はい、私もどうしても読みたくてようやく手に入ったので、今日初めてお店に出したんです。お読みになりますか？」

「ああ、是非《ぜひ》！」

さっきまでの張り詰めた空気が嘘《うそ》のように、嬉《うれ》しそうに笑う彼。

私も読みたい本を見つけた時はこんな反応になるので彼の気持ちは理解できる。

「お好きな席へどうぞ、あまりお客さんも来ませんので好きなだけ読んでいってくださいね」

そう言って手に持った本を手渡《てわた》す。

嬉しそうに受け取った彼が店内を見回し隅《すみ》の席へと移動した。

あの席は暖炉《だんろ》の前なので暖かく、一番ゆったりと過ごせる席でもある。

パーティションで区切った席もあるのだが、あちらは少し本棚から遠いのでガッツリ本を読みたい人には向かない席かもしれない。

そして今気が付いたのだが、個室の表示を出すのを忘れていた。

今日の営業が終わったら案内の紙を作っておかないと個室がある事すらわからないだろう。

気が付いた反省点を胸の中に収めつつ、席に着いた彼にメニューを手渡す。

カフェなので紅茶やコーヒーの種類にもこだわり、食事は軽食中心のメニューにしてみた。

本を読みながら食べられるように食べやすいメニューも多めにしてある。

とはいえ結構夜遅《よるおそ》くまで開けているので数種類だが重めのメニューも用意した。

時刻はもう夕方、男性の彼が頼《たの》むとすれば夕食までのつなぎで飲み物だけか、早めの夕飯として重めに行くかのどちらかだろうか。

そんな私の考えとは裏腹に、メニューを見た彼は少し悩《なや》んでから軽食のページを指さした。

「紅茶とサンドイッチを頼む」

「かしこまりました、少々お待ちください」

軽めの夕食か、夕食が遅《おそ》いから今の内にある程度食べたいのか。

いや、私が気にする事ではないか。

初めてのお客様が気になってしまうが、ぐっとこらえてキッチンスペースへと戻る。

詮索《せんさく》するのは失礼な事だ。

料理をするために横で束ねていた髪を後ろで束ねなおして手を洗う。

店の中からは死角になる場所に作った食品庫へ向かい、ペンダントから材料を取り出した。

この世界の食べ物は私が生きて来た世界と同じ物もあれば聞いた事の無い物もあるが、それらを組み合わせ食べ比べては試行錯誤《さくご》して作り上げたメニューはどれも自信作だ。

別にペンダントから直《じか》に出しても良いのだが、やはり料理好きとしては自分で作りたい。

ペンダントから出せる食材の中から自分で選び抜いた材料を出して笑った。

彼が頼んだのは二種類あるサンドイッチの中でも軽めの方だ。

もう一つの方ならば具材が肉類だったりフライだったりで満腹になりそうなのだが、こちらは本当にさっと食べられる種類になっている。

それでも材料にはすべてこだわって作った。

みずみずしいトマト、レタスと似たこの世界の野菜、そしてカリカリに焦《こ》がしたベーコンを挟《はさ》んだもの。

同じように選び抜いた様々な野菜で作ったサラダのサンド。

メインになるであろうホットサンドにはハムとチーズを挟んだ。

焼いたパンに包丁を入れれば、ざくりという軽い音と同時にどろりとチーズがあふれ出してくる。

私も明日《あした》のお昼はサンドイッチにしようかな、なんて思いながら完成したそれらをお皿に盛りつけていく。

材料は珍《めずら》しい物も出し放題、時間もたっぷりあって料理も好きだ。

味見を自分でしかしていないのであくまで自分好みの物だが、美味《おい》しくできていると思う。

初めてのお客様、お店も食事も気に入ってもらえると良いのだけれど。

でき上がったサンドイッチと紅茶のポットを持って彼の席へ向かうと、真剣《しんけん》な顔で本に集中している様だった。

自分の読書中の事を考えると声を掛《か》けるのを躊躇《ちゅうちょ》してしまうが、こればかりは仕方ない。

「お待たせしました、紅茶はお代わり自由ですのでセルフになってしまいますがお好きなだけどうぞ。お湯はいくらでもこのポットから出ますので」

「あ、ああ、ありがとう」

お湯がいくらでも出てくるように魔法をかけたポットは時間が経《た》っても温度が下がらない魔法も重ね掛けしてある。

そのポットと茶葉の瓶《びん》、カップとサンドイッチをテーブルに載《の》せてから、彼に懐中《かいちゅう》時計を差し出す。

「こちらアラーム機能付きの時計になります。時間制限はありませんので閉店までいていただいてもお店の方は大丈夫《だいじょうぶ》なのですが、もしも帰る時間などが気になる場合は設定して下さい。ご自身の頭の中でだけ音が鳴り響くようになっておりますので」

「それは助かるな。ありがとう」

「個人で緩《ゆる》くやっているお店ですので、私も本を読んだり作業をしていたりしますがどうぞお気になさらずお好きなだけいて下さいね。店内の本はすべて読み放題ですので」

本来ならばお客様がいるのに店員である私が本を読むのはまずい気がするが、自分が逆の立場で考えた時に店員が立っているだけだと気を遣《つか》ってしまう。

そもそも儲《もう》けは必要のないカフェだし、それで来なくなるお客様がいたとしてもあまり打撃《だげき》は無い。

「そうか、ではすまないが遠慮《えんりょ》なく読ませてもらおう」

「はい、何かありましたらテーブルにあるベルを鳴らして下さい。ああ、その本のシリーズですがちょうど今日すべて揃ったところですのでその続きもありますよ」

「本当か！　ずっと探していたのだがもう諦《あきら》めていたんだ。ありがたい」

心底嬉しそうにそう言った彼に笑いかけながら、ごゆっくりどうぞと声を掛けて下がる。

必要な事はもう伝えたし、後は彼の読書の邪魔《じゃま》にならないようにするだけだ。

サンドイッチを手に取りながら、本の世界に戻《もど》ろうとする彼に背を向けカウンター内に戻る。

口に入れた瞬間驚《しゅんかんおどろ》いたような顔をした後、少し笑ってから食べ進め始めたので気に入ってはくれたのだろう。

バリバリ働くのはあまり好きではないが、こんな風にお客様が来てくれるとやはり嬉しい。

自分以外が本のページを捲《めく》る音を聞きながら自分も手元の本へ目を落とした。

結局彼はアラームが鳴るまでずっと集中して本を捲っていたが、半分ほどは読み進めたところで時間になり途中《とちゅう》になってしまったらしい。

非常に残念そうに席を立った彼は、名残惜《なごりお》しそうな雰囲気を隠《かく》さずに本を見つめている。

会計時には値段が安いことにとても驚《おどろ》かれたが、材料は無料で出し放題なので料金は怪《あや》しまれない程度にしかもらっていない。

流石《さすが》に無料だと可笑《おか》しいので仕方なく激安価格に設定してあるだけだ。

会計を済ませた彼は手に持つ本をじっと見つめた後、視線を動かしてレジの横に積まれた本に気が付いて驚愕《きょうがく》の表情を浮《う》かべた。

一番上に置いてあった本を手に取る彼が絞《しぼ》り出すように声を出す。

「これも、発行部数が少なかったはずだが」

「はい、偶然《ぐうぜん》手に入ったのでお店に出そうかと思いまして」

本をじっと見つめた後、店内を見回した彼の視線が店中の本棚《ほんだな》を行き来し、その瞳《ひとみ》が嬉しそうなものに変わる。

「明日もまた来る。もし明日の仕事が休みだったならば今日もまだいたいくらいなのだが」

楽しそうに、けれど残念そうに店内を見回し続ける彼。

今日彼が読んでいたシリーズも続きがあと数冊あるし、きっと時間が許すならば閉店までい

た事だろう。

読みかけになってしまった本を持った彼が申し訳なさそうに口を開く。

「まだ読みかけなのだがもし許されるならキープというか、他《ほか》の客に貸さずに取り置いて貰《もら》う事はできないだろうか？」

「はい、大丈夫ですよ。そもそも完全に趣味《しゅみ》のお店で宣伝もしていないので、オープンしてしばらく経っていますけどあなたが最初で唯一《ゆいいつ》のお客さんなんですよ。他にお客さんが来る可能性は低いとは思いますけど」

「そう、なのか？　確かに森深い場所だしな。馬も放してやれるしまた来る。本は……」

「それならしおりをお出ししますね。しおりにお名前を書いて挟んでいただければ、カウンター内でお預かりしてまたご来店下さった時にお出しします」

「ありがたい、何もなければまた明日来るのでよろしく頼む」

「はい、お待ちしておりますね。ありがとうございました」

緩く笑《え》みを浮かべて店を出ていった彼からは、店に来た時の張りつめたような空気は感じられない。

ストレスか、それとも疲《つか》れていたのか。

私もストレスがたまると本を読みたくなるから同じタイプの人なのかもしれない。

本に挟まれたしおりには『イル』と名前が書かれている。

「イルさんか、初めてのお客さんが良い人そうでなんか嬉《うれ》しいなあ」

一瞬《いっしゅん》怖《こわ》い雰囲気《ふんいき》の人にも見えたが、凛《りん》としたイケメンだった。

話し方も穏《おだ》やかだし雰囲気で損するタイプの人かもしれない。

私的には好みのイケメンで眼福だったけれど。

本当に明日来るかはわからないが、とりあえず店の掃除《そうじ》でもして閉店準備をしよう。

初のお客さん来店記念ってことで夕飯は少し豪華《ごうか》にいこうか。

ああ、忘れないうちに個室の表示と案内も出さなければ。

✦ ✢ ✦

城へと戻る道を愛馬に乗りながら急いでいた頭に今日の出来事が次々と思い浮かんでくる。

本当に良い店を見つけたと笑みが零《こぼ》れた。

よく本の虫と揶揄《やゆ》される己《おのれ》にとっては宝の山だったブックカフェ。

店内の雰囲気も良く、料理も自分好みでとても美味《うま》かった。

店主の穏やかさも居心地《いごこち》の良いものだったし、明日の仕事終わりが楽しみだ。

オープンしてしばらく経《た》っていると言っていたが、もっと早く気が付けばよかった。

しかしそんな晴れやかな気分も遠くに見えてきた城を見ると萎《しぼ》んできてしまう。

この国を統《す》べる王の住む城、騎士《きし》団に所属する己が住む場所。

世界を救うという救世主の少女が降臨した場所。

一つため息を吐《は》き出せば、今朝も救世主のせいで嫌《いや》な気分になった事を思い出した。

日が昇《のぼ》ったばかりの早朝、広いオセル城の塔《とう》の上で高台から窓の外を見下ろす。

この下は馬の運動場だった。

普段《ふだん》ならば騎士団の馬たちがのびのびと走り回っているそこには今は一頭の馬もいない。

「ふざけてやがるぜ。救世主が馬に驚いて転んで怪我《けが》したからって、馬を自由に放してやる事もできないなんてな」

隣《となり》に立っていた男がそう吐き捨てるように口にする。

己と反対の明るい金色の短い髪《かみ》に外からの光が反射して少し眩《まぶ》しく感じた。

「勝手に馬の運動場に入った結果だというのに。次のモンスター討伐《とうばつ》まで馬にストレスを与《あた》え続ける気なのか」

本来なら愚痴《ぐち》を窘《たしな》める立場の己も、気心知れたこの幼馴染《おさななじ》みが相手だと遠慮なく本音を零《こぼ》せるのがありがたい。

この国に救世主が降りて来てから数か月、城の中はギスギスしており居心地《いごこち》が悪い。

皆《みな》が救世主の様子を窺《うかが》い、被害《ひがい》を受けないようにひっそりと過ごしている。

けれど馬の件は完全に予想外だった。

「俺は王女が救世主の動きを把握《はあく》して馬を放す時間と場所を捻出《ねんしゅつ》してくれているからまだ何とかなっているが、お前は大丈夫なのか？　やはり俺と一緒《いっしょ》の時間に放した方が……」

「二頭同時は目立つし咄嗟《とっさ》に隠せん。心配するな、騎士団の仕事が終わってから遠乗りに連れて行っている」

「だがお前、あれだけ毎日楽しみにしてる仕事終わりの読書時間が取れないだろう。本の虫のお前にはストレスだろうが」

「俺よりも馬にストレスが溜まる方が問題だ。これくらいわけないさ」

「お前飯食う時間も減らしてるだろ？　その内ぶっ倒《たお》れるぞ」

「そのくらいは管理できる。お前こそイライラして王女に嫌《きら》われるなよ。ようやく婚約《こんやく》が成立したというのに」

「ああ、わかっている。王子も以前のように周りを見て下さるといいのだが。王に王妃《おうひ》、兄王子に妹姫《ひめ》。これだけの人数が説得に回ってるっていうのに救世主様に夢中だからな。困ったもんだぜ」

この城に降りてきた救世主は美しい姿をした少女だった。

時おりこの世界に別の世界から降りて来ると言われる救世主。

その中でも大魔法《だいまほう》と呼ばれる強大な魔法を覚えた救世主を得た国は、その力で世界の統一すら可能だと言われている。

世界に数人降りてきている救世主達も大魔法を覚えようと努力していると聞いた。

オセルは世界統一になど興味の無い国だが、この国に救世主が降りてきた時はやはりみな喜んだ。

その存在だけでも他国の侵攻《しんこう》からの抑制《よくせい》力になる上に、長く浮いた噂《うわさ》の無かったこの国の第二王子が救世主の少女と恋《こい》をした。

しかし救世主が相手ならば大歓迎《だいかんげい》だと言われていたのは初めだけ。

少女が大魔法を覚え、王子と結婚《けっこん》してこの国を治めてくれるのならば平和は約束されたようなもの。

けれど……

「救世主か。せめて低級でもいいから魔法の一つでも覚えてくれると違《ちが》うのだが」

「勉強は苦手だそうだからな。俺たちは魔力《まりょく》が少ないから大魔法は使えんが、魔力だけがあっても意味はないということが良く分かったぜ」

少女はいつまでたっても魔法を覚えてはくれなかった。

幼い子供でも魔法の素養があれば使える低級魔法すら覚える事を拒絶《きょぜつ》している。

魔力は間違《まちが》いなく持っている、俺たちなどとは比べものにならないほどの強大なものを。

二人のため息がそろったところで、遠くから楽しそうな笑い声が響《ひび》いてくる。

声の方に視線を向ければ、楽しそうに王子に抱《だ》き着く救世主の少女。

その姿を視界に収めたと同時に眉間《みけん》に深い皺《しわ》が寄り、一層深いため息が吐き出された。

吐き出したため息は隣のものと重なり、忌々《いまいま》しそうに口を開く幼馴染みの男の視線は王子達に固定されている。

「いい気なもんだぜ、何が救世主だ」

「聞かれたらまずいぞ」

「皆、口に出さないだけでそう思っているさ。第二王子がベタ惚《ぼ》れのせいで何も言われず様子見されているが、この国に来てから半年近くたつのに未《いま》だに魔法一つ覚えず王子と遊び惚《ほう》けて。かと言って他国に救世主が取られちまうのもまずいし、外に放《ほう》り出すわけにもいかん。変に刺《し》激《げき》して王子と他国にでも駆《か》け落ちされちゃ敵《かな》わんからな。考えただけでもイライラしてくるぜ。お前がいてくれてよかったよイル。愚痴を吐き出す相手がいないと本気で胃に穴が開きそうだ」

「それはお互《たが》い様だベオーク。何とか解決策が見つかるといいのだが……ああ、そろそろ仕事の時間だ」

「今日の仕事の始まり、ってな。救世主があてにならない以上、見回りの強化は必須《ひっす》だ。よろしく頼《たの》むぜソウェイル騎士団長？」

「ふざけた言い方はやめろベオーク。お前だって副団長だろうが」

普段のイル、という愛称《あいしょう》では無く本名のソウェイルの方で呼びかけてきたベオークの背を軽く叩《たた》いて騎士団の本部へと向かう。

戦闘《せんとう》でも私生活でもこの幼馴染みには助けられてばかりだ。

「へいへい、田舎《いなか》の悪ガキ二人が今や騎士団長と副団長。村の連中が大喜びだった手前あんな小娘《こむすめ》に振《ふ》り回されたから騎士団辞《や》めました、なんて言ったら村八分だ。仕方がないから頑張《がんば》るとしますか」

「そうだな。早くこのギスギスした空気も無くなるといいのだが」

そうして一日の仕事を終え、本を読みたい気持ちを堪《こら》えて馬の背に跨《また》がる。

冷たい空気を切って馬が走り出し、城から離《はな》れた所でため息を吐いた。

ため息とともに幸福が逃《に》げていくというのならば、もう一生分以上に逃げ出してしまっただろう。

「どうしてこうなったんだ」

馬上で小さく呟《つぶや》いた言葉は誰《だれ》にも届く事無く風にかき消される。

昔から平和な国だった。

王家の方々は国民思いで優《やさ》しさに溢《あふ》れ、騎士団は手練《てだ》れの者が多く魔物《まもの》の被害も少ない。

ついこの間は王女が幼馴染みのベオークを見事に口説き落とし、婚約が決まったばかりだ。

女性を途切《とぎ》れさせることも無くへらへらと恋人《こいびと》を替《か》えていたベオークが、今や王女に夢中。昔のお前からは考えられないなと笑い飛ばし、ベオークからは次はお前が相手を見つけろと言われ、軽口をたたき合ったばかりだった。

平和だったあの時がまるで嘘《うそ》のようだ。

救世主の少女が勉強を拒《こば》んだのも、初めは大目に見られていた。

別の世界から来ると言われている救世主、幼い少女が親元から引き離されて今までとは違った世界で生きるのだ。

故郷の恋しさもあるだろうからと、しばらく見守ろうという話になっていた。

何よりも長年恋愛《れんあい》とは無縁《むえん》だった第二王子の為《ため》に。

けれど少女はいつまでたっても魔法を覚えてはくれなかった。

勉強は苦手だとのらりくらりと躱《かわ》し、子供のように泣いて魔法の勉強を拒絶した。

そして救世主という事で強く出られない俺達をあざ笑うように少女は己《おのれ》の欲望《よくぼう》を叶《かな》えるために動くようになったのだ。

少女がメイドを拒否《きょひ》した、メイドに意地悪なことを言われたと王子に訴《うった》えた。

長年勤めた忠誠心溢れるメイドは少女の食事のマナーを少し注意しただけだった。

少女にはメイドは首にしたと嘘をついて、少女が入れない王宮の奥の専属勤務に代わってもらった。

少女が王子のお付きの女性にいじめられたと王子に訴えた。

女性は少女に欲しいと言われた大切なアクセサリーを渡《わた》す事を拒否しただけだった。

少女には似たようなアクセサリーを渡し、女性には別の仕事に移ってもらった。

少女が勝手に馬の運動場に入り、馬を驚《おどろ》かせて怪我《けが》をした。

少女が怖《こわ》がるからと馬の運動場は閉鎖《へいさ》になり、少女の前に馬を連れてこないように命令が下された。

王子は少女に夢中のままだ。

何かがおかしい、王子はあんな方ではなかったはずだし、王ももう少し強気の対応をする方だったはずだ。

少なくともこんなに少女に甘い対応を連発するような方々ではないはずだった。

王も王妃も、王子に抗議《こうぎ》はしてくれているが改善策は出ない。

少女に文句を言いたい、いっそ排除《はいじょ》してしまいたい、けれど口に出す事は許されない。

そんな思いが交錯《こうさく》して城中がギスギスした雰囲気《ふんいき》に包まれて気が休まらない。

救世主が大魔法さえ覚えてくれれば平和になる。

けれど覚える気が欠片《かけら》も無い少女に価値はあるのだろうか。

最近は自分ですらそんな事を考えてしまう。

ああ、ゆっくり本が読みたい。

以前読書に充《あ》てていた時間は、運動場閉鎖により馬の運動のための遠乗りの時間になっている。

大切な愛馬だ、自分の趣味《しゅみ》の時間などとは比べものにならないくらいに。

けれど読書の時間が全く取れず、周りは常にギスギスしているこの状況《じょうきょう》が確実に自分を追い詰《つ》めてくる。

馬にもその感情は伝わっているのだろう、こちらを見る馬の目が心なしか申し訳なさそうに見えて余計に自分が追い詰められていく気がした。

そっと馬の首を撫《な》でる。

「すまんな、今日は少し違うコースに行こう」

気分を変えるためにいつもとは違うルートに切り替《か》え、雪の積もる森の中で馬を走らせる。

そして森の奥にその店を見つけた。

「……店？　こんな森の奥に？」

馬から下りて二階建ての店を見上げる。

ここは森の奥深く、オセルの領地内ではあるのだが町からも少し距離《きょり》がある場所だ。

店を出すには不向きどころか、客など来ないであろう場所。

仕事柄《しごとがら》国の中の事には詳《くわ》しい筈《はず》の自分すら知らない店だ。

一階部分にはオープンと書かれた札がかかっており、落ち着いた外観の店だった。

ブックカフェ、と書かれた小さな看板が店の前に置いてある。

「ブックカフェ？　本のカフェ、か？」

聞いた事のないカフェだ、店主が本好きなのだろうか。

店内に本でも置いてあるなら久しぶりに読書の時間が取れるかもしれない。

そんな事が頭の隅《すみ》をよぎった時、馬が手綱《たづな》を引っ張り何かを訴えかけてきた。

「どうした？」

馬の視線の先には柵《さく》で囲まれたスペースがある。

行きたいという馬に従って近づいてみれば、馬が十分に放せるであろう運動場と馬小屋。

運動場の隅には馬が好む草が豊かに生《お》い茂《しげ》り、寒さを抑える結界魔法《まほう》も張ってあるようだ。

入り口の横には、ご自由に遊ばせてあげてください、馬小屋も使用可、とカフェの看板と同じ筆跡《ひっせき》で書かれている。

馬も隅の草を心なしかキラキラした目で見つめていることだし、自分ももう夕飯の時間だ。あまり食欲《しょくよく》はないが何か口に入れておかないと流石《さすが》にまずいだろう。

店に入ることに決めて馬の運動場の扉《とびら》を開く。

ふわりと暖かい空気が雪道で冷えた体に沁《し》みた。

「暖房《だんぼう》の機能も付けているのか。店主は魔力《まりょく》の量もコントロール力も高いようだな」

他《ほか》に客もいないようだし、最悪戻《もど》ってきて繋《つな》げばいい。

手綱を離《はな》してやると嬉《うれ》しそうに草に駆け寄り食《は》み始めた。

食べ終われば好きに運動するだろう。

個人所有にしてはかなり広い部類の運動場だ。

最近は救世主のせいで好きに走らせてやれなかったからとてもありがたい。

運動場を出てまた冷たい空気に晒《さら》されながら店の前まで歩く。

そっと店の扉を押し開ければ暖かい空気がふわりと身を包み、パチパチと薪《まき》の燃える暖炉《だんろ》の音と落ち着いた音楽が耳に入った。

驚いたのは眼前に広がる大量の本棚《ほんだな》だ。

趣味程度でも本が置いてあればと思ったが、本が隙間《すきま》なく詰められた木製の重厚《じゅうこう》な本棚が店内にずらりと並んでいる。

「いらっしゃいませ」

落ち着いた声が聞こえた方へ目を向ければ、自分より少し年下であろう落ち着いた雰囲気の女性が本を抱《かか》えてこちらを見ていた。

救世主の幼い少女に散々嫌《いや》な思いをさせられているので、年下の女性というだけで覚える少しの嫌悪感《けんおかん》。

しかし女性の落ち着いた雰囲気にその嫌悪感も一瞬《いっしゅん》で霧散《むさん》する。

正直、勝手に壮年《そうねん》の男店主を想像していたので意外な気分だ。

店内に気配はこの女性だけ、ならば店主はこの女性なのだろう。

馬を外の運動場に放したことを伝えれば、盗難《とうなん》防止の結界も張ってあるという。

とてもありがたいがこれはかなり高度な魔法のはずだ。

城の厩《うまや》にも張ってはあるのだが、盗難防止の効果をつけた時は担当した人間は全員魔力切れでぐったりとしていた。

複数人で張ってもそうなるというのに、まさかこの女性は一人で張ったのだろうか。

そんな些細《ささい》な疑問は店内の本は読み放題と言われた事で脳内から弾《はじ》き飛ばされていった。

本棚には読みたくても手に入らなかった本も多く、沈《しず》んでいた気持ちが一気に浮上《ふじょう》する。

あれも、あの本もまだ読んだ事が無い。

その隣《となり》の本は以前見かけて気になっていた物だった。

おまけに彼女が抱えていた本は今一番読みたくて、手を尽《つ》くして探していた本だ。

絶版で手に入る気配すら感じられず諦《あきら》めかけていたものが目の前にある。

にこやかに本を手渡《てわた》してくれた彼女に礼を言ってから店内を見渡《みわた》せば、俺以外の客はいないようだった。

お好きな席へ、と言われたので一番居心地《いごこち》がよさそうな席を選び着席する。

椅子《いす》の座り心地もいい、読書向きだ。

夕食も食べなくてはならないが本も読みたい。

正直最近の騒動《そうどう》で物を食べる気も失《う》せているし軽く食べられればそれで良い。

手に持って食べられるサンドイッチと紅茶を頼《たの》み、さっそく本を開いた。

しばらく読んだところで、申し訳なさそうな彼女に注文の品ができたと声をかけられる。

頼んだものを運んできてくれたのだから声をかけるのは当然の事なのに、読書を邪魔《じゃま》して申し訳ないという空気を纏《まと》っている。

それがなんだか、とても嬉しく感じられて穏《おだ》やかな気分になった。

魔法のかかったアラームを渡され、城に戻らなくてはならない時間をざっと計算する。

絶対に読み終わらないことに気が付いて内心ショックを受けるが、ひとまず読めるだけ読もうと決めてページを進めた。

ごゆっくりどうぞ、と言われ礼を返し少しだけ彼女の背中を見送る。

カウンターで本を取り出し読み始める彼女。

あの本は俺も好きな本だと気が付いてまた気分が上昇《じょうしょう》した。

店員も読書をしている状況は俺も気を遣《つか》わなくてすんでありがたい。

空気を気にせずに長居できそうだ。

本に目を落としながらサンドイッチを口に含《ふく》めば、とても美味《おい》しくて他に客がいないことが信じられないレベルだった。

思わず読書の手を止めてサンドイッチを観察する。

野菜もパンも美味《うま》い、ここまで美味しいサンドイッチは初めて食べた。

最近食欲が無いからと適当に済ませていた事もあって尚更《なおさら》美味しく感じるのかもしれない。

何だか優《やさ》しい味だ、どこか追い詰められていた心がほぐれていくような、そんな味。

食事が美味しいなんて久しぶりに感じたな、なんて苦笑《くしょう》する。

一口食べ始めてしまえば手は止まらず、食欲など無かったはずなのに気が付けば皿は空。

何だか物足りないような気がしてきたが、久しぶりに訪《おとず》れた読書のチャンスだ。

おまけにずっと欲《ほっ》していた本が手元にある、今はともかく本が読みたい。

次に来た時には他の物も頼んでみよう、そう決めて手の中の本に視線を落とす。

紅茶もお代わりは自由に飲んでいいと言ってくれていたしサービスもいい。

暖かい暖炉の傍《そば》で静かに流れる音楽を聴《き》きながら、座り心地の良い椅子で好みの本を読む。

最高に穏やかで贅沢《ぜいたく》な時間だ。

そうして読み進めていく内に、あっという間に時間は過ぎてしまう。

頭の中で鳴り響《ひび》いた優しい音楽、これがアラームだと気が付いてもう終わりなのかと物悲しい気分になった。

けれどカウンター内でのキープを受けて貰《もら》い、高揚《こうよう》した気分のまま店を出る。

外に出れば大分リフレッシュしたらしい愛馬の姿。

ルートを変えてみて良かった。

馬に跨《また》がり店を振《ふ》り返る。

お客は俺が初めてで、今のところ唯一《ゆいいつ》でもあるらしい。

店には悪いが他に客がいない方がゆっくりできていいな、なんて思う。

食事は美味しいし、値段も破格の安さだった。

趣味《しゅみ》でやっているというのは本当らしい、あれでは儲《もう》けなどないだろう。

店の雰囲気《ふんいき》も俺好みで読みたい本がまだまだ大量にある。

チラチラと未練たっぷりの視線を運動場の草へと向ける愛馬の背中を、笑いながら撫《な》でる。

馬もこの店をすごく気に入ったようだし、久しぶりに食欲もわいてきた。

「明日もまた来よう。ここの値段なら自炊《じすい》するより安いしな。できれば毎日来たいところだ」

嬉しそうな鳴き声を上げた愛馬の背に跨って王城へ帰る道を急ぐ。

また救世主がらみで何か起こっていなければいいが、そう思った瞬間《しゅんかん》胸の中に石が落ちてきたような重い気持ちになった。

ふう、とため息が漏《も》れ、今出て来たばかりの店が途端《とたん》に恋《こい》しくなる。

救世主もあの穏やかに笑う店主のような人間だったら良かったのに。

明日も絶対に来ると決めて、どこか重い気持ちで帰路を急いだ。

第四章　交流

イルという名前の彼が初めてのお客様として来店した次の日、彼は前日と同じ時間にやって来た。

昨日の来店時のどこか張り詰《つ》めたような空気とは打って変わり、ワクワクしたような雰囲気だ。

同じ本好きとして気持ちはよくわかる。

「いらっしゃいませ」

「失礼する、昨日預けていた本をまた借りても良いだろうか？」

「はい、もちろんです。どうぞ」

キープしていった本を手渡すと、彼は昨日と同じテーブルを選んで座った。

個室もあると説明したが、少し悩《なや》んで他《ほか》にお客さんが来たら移りたいと言われる。

彼が座っている席は暖炉に近く、本棚との行き来も考えるとすごくいい場所なので気に入ったのかもしれない。

メニューを手渡すと、しばらく見つめた後に複数の品、それもどれもがっつりとした物を注文される。

昨日はたまたま食欲《しょくよく》が無かっただけなのかもしれない。

男の人だという事もあるが騎士《きし》団の人という事は戦ったりもするのだろう。

鍛《きた》えているのか体格も良いし、元々はたくさん食べる人なのかもしれない。

一人用のテーブルが埋《う》まるくらいには多い食事を運べば、メインの食事を平らげた後に、手でつまめるものを食べながら本を読み始める彼。

一口食べて少し驚《おどろ》いて、そして笑顔《えがお》で食べ進める彼を見て嬉《うれ》しくなる。

料理好きとしては自分の作ったものを美味しそうに食べてもらえるのは幸せな事だ。

彼の読書の邪魔にならないように視線を逸《そ》らして、自分も本を開いた。


それからほぼ毎日彼は来た。

いつも同じ時間、夕方になってから店に来るのだが仕事の後に来ているとの事。

帰る時間はバラバラだが本人的にはなるべく長くいたいらしい。

彼が通ってくる日は続き、一か月以上が過ぎてだんだん会話が増えてきた頃《ころ》だった。

最近は注文の品を作っている最中に時々彼がカウンターに来て会話する事がある。

話題はいつも本の事で、ここが面白《おもしろ》かったとかおすすめの本は何かとか、そんな会話だ。

彼が紹介《しょうかい》してくれた本は面白い物ばかりだったし、私が仕入れた新刊も彼が読みたいと思う物ばかりだった。

穏やかな時間、お客さんが来るようになったら読書の時間も減ってしまうな、なんて思っていたのだが感性が似ている人と本の話題で盛り上がれるのは純粋《じゅんすい》に楽しい。

「あなたが仕入れてくれる本が面白そうで、毎回次を選ぶのに時間が掛《か》かってしまうな」

「私もですよ。教えていただいた本がどれも面白そうで、まとめて仕入れてはどれから読もうか考えてしまいます」

「悩んでいる間に読み始めればその分読める事はわかっているのだが」

「難しいですよね。悩んでいる時間も楽しいのですけれど」

こんな風に話せるような相手はいなかったので、この人と話す時間は私の最近の楽しみの一つだ。

元の世界にいた友人達はあまり読書をしない子が多かったし。

そうして彼と話しながら進めていた食事の準備が終盤《しゅうばん》に差し掛かり、仕上げ作業をしている時だった。

最後の飾《かざ》りつけに集中しながらも、彼との会話は止まらない。

「この間あなたが仕入れてくれた新刊もとても面白かった。終盤にすべてがひっくり返った時は驚いたよ」

「わかる！　あそこは予想できなかったよね！」

勢いでそう口に出して慌《あわ》てて口を押さえた。

少し驚いた表情の彼と目が合って、やってしまったと冷や汗《あせ》が流れる。

仕上げの作業に集中していた事もあるが、同じように感じたのが嬉しくてつい友人に話すような口調が出てしまった。

「ご、ごめんなさい。こんな風に本の話題で盛り上がれる人が身近にいなかったので。同じ本で同じ様に感じた人がいて嬉しくて」

慌てて謝った私を見ていた彼の表情が穏《おだ》やかな笑みに変わる。

そしてどこか照れくさそうな雰囲気で彼が口を開いた。

「いや、構わない。俺も今まで誰《だれ》かとこんな風に盛り上がる事は無かったからな。その……もしよければ本仲間という事で友達付き合いをしてもらえると嬉しいのだが」

「えっ」

彼の性格上怒《おこ》りはしないだろうとは思っていたが、まさかの申し出だ。

けれど嬉しい申し出でもある。

「ええと、私で良いんですか？」

「ああ。今まで重度の本の虫だとからかわれる事はあっても同じくらい本好きな人間と話せる事は無かったからな。あなたが友人になってくれるならここにもっと長居しやすくなるという狙《ねら》いもあるが」

冗談《じょうだん》交じりで、けれど半分は本気なのだろうなという雰囲気で彼が笑う。

彼の言葉に思わず吹《ふ》き出してから、彼の目を見てもう一度笑う。

「私の方こそ、よろしくお願いします……よろしくね」

「ああ、よろしく頼《たの》む。君が友人になってくれて嬉しい」

私から彼へ向けた敬語は取れ、彼が私の事をあなたではなく君、と呼ぶ。

どうやら私は異世界で理想のお店だけではなく、理想の友人まで手に入れてしまったようだ。

喜んでいた私はこの直後に彼が正式に自己紹介してくれた事で、彼がこの国の騎士団長だと知って驚く事になった。

イルは愛称《あいしょう》らしく本名はソウェイル。

この国の広報というか、魔物討伐《まものとうばつ》の予定などが書かれた冊子が定期的に出されている事に気が付いてから毎回読んでいたのだが、そこに記載《きさい》されていた騎士団長の名前と同じだった。

お店では彼と二人きりだったのであえて名前を呼ばなくても会話ができていたこともあり、全く気が付かなかったのだ。

イルと呼んでくれと言われて了承《りょうしょう》したが、すごい人と友達になってしまった。

けれどこれで遠慮《えんりょ》なく本について語れるだろう。

そう思っているのは彼も同じらしく、この日からカウンター越《ご》しの会話はより中身の深いものになっていった。

そうして彼と友人関係になってしばらく経《た》ち、お互《たが》いに遠慮なく語れる相手だと気が付いてから彼との距離《きょり》は急速に近づいたように思う。

普通《ふつう》の人相手には引かれてしまうほどに語っても、それ以上の言葉が返ってくる楽しさ。

好きな事について心の底から語り合える相手との出会いがこんなに嬉しいものだとは。

彼がここに来るのを楽しみにしてくれているように、私も彼がお店のドアを開けてくれるのを楽しみにしている。

そして友人関係になったからこそ、気になり始めた事が一つ。

正確には以前から気になってはいたのだが、お客様相手に突《つ》っ込んだ話はできないので気にしない様にしていたのだ。

彼はこのお店に来るのを楽しみにしてくれているが、入ってきた瞬間《しゅんかん》一度ホッとしたように大きくため息を吐《つ》くのだ。

切れ長の目の下にはいつも薄《う》っすらと隈《くま》があるし、本を読んでいる間は楽しそうにしていても、お店を出る時に今度は憂鬱《ゆううつ》そうにため息を吐きながら出ていく。

どちらのため息もどうやら無意識のようだ。

このカフェが嫌《いや》な訳では無いようなので、来る前後に嫌な事があるのかもしれない。

今日もため息を吐いてから帰って行った彼を見送り店を閉めて、寝《ね》る前に開いた本を見つめながら思案する。

騎士団長という事で気を張る事もあるだろうし、ストレスや疲《つか》れからのため息だろうか。

彼も私と同じ様に読書でストレスを解消するタイプなのでそっちは新刊でも仕入れる事にして、彼の疲れた部分を取り除いてあげられないだろうかと視線を開いた本に戻《もど》す。

今の私の生活は午前中は読書、午後になってからはメニューの開発やお店の整理、そしてイルが帰ってからのこの時間はまた読書をするか魔法《まほう》の勉強に充《あ》てている。

読書の時間のほうが圧倒《あっとう》的に多いのだが、今日膝《ひざ》の上に載《の》っている本は魔法の教本だ。

この本はバラエティ色が強く、お店で役に立ちそうな魔法が色々と掲載《けいさい》されている。

パラパラと捲《めく》っていく内に一つの魔法が目に留まって、じっくりと説明文を読み込む。

「……これだ」

飲食物にかけるタイプの疲労回復魔法《ひろう》。

喩《たと》えるならば健康食品の効力を即効《そっこう》性にしたようなもので、体に悪い影響《えいきょう》は無いらしい。

疲労回復と同時進行で怪我《けが》の治りも早くする効果がある魔法。

「一度魔法をかけて回復した後は少し弱めにかけたものを日常的に摂取《せっしゅ》する事で疲れにくくなる、か」

普通に飲食店や病院で使われている魔法でもあるらしいが、高度魔法の部類だ。

魔法をかけた分値段がはね上がるし、味を変えない様にかけるには相当な魔力《まりょく》を消費すると書いてある。

有名な高級店ではその魔法をかけるための専門家がいる場合すらあるのだとか。

魔法を扱《あつか》うセンスも必須《ひっす》と赤字で目立つようにも書いてあるので、本来ならば私のような個人のお店では使われない部類の魔法だ。

「魔力は問題無いし、値段を上げる必要もない。後はちゃんと使えるかどうかだけど」

これならイルに出しても不自然には思われないだろうし、ちょっと試《ため》してみることにして紅茶を一杯《いっぱい》淹れて来る。

物は試しだと教本の手順通りに魔法をかけてみた。

見た目は変わらない、一口飲んでみたが味も変わらないように思える。

肩《かた》がふっと軽くなったような気もするが、思い込みの効果の可能性もあるので魔法がちゃんとかかっているのか確認《かくにん》する方法を試してみる事にした。

「ええと、回復効果の確認のためには軽い攻撃魔法《こうげきまほう》をかけてみる事、攻撃魔法……」

しばらく悩《なや》んで紅茶に向けて攻撃魔法を放ってみる。

手から出た火はプヒューと間抜《まぬ》けな音を立てて紅茶に当たり、わずかに波紋《はもん》を起こした。

これは酷《ひど》い、子供でももっとまともな攻撃魔法を放てるだろう。

紅茶からは成功していた場合に出るキラキラとした光が出てきたので、回復魔法自体はしっかりかかっているようだが。

「……暖炉《だんろ》に火をつける事はできるのに、なぜ？」

何かを出す事はできても攻撃を意識すると悲しい事になる私の攻撃魔法。

どの属性のものでも似たような事になるが、まあどうせ覚えても攻撃はできないだろう。

だったら身を守るための防御魔法《ぼうぎょまほう》を極《きわ》めればいいと開き直った。

お目当てだった回復魔法は成功しているので目標は達成されたのだし。

「一気に回復するわけじゃないのかな。でも効果は高いって……あ、最初の一回目は効力を感じにくいですが一度眠《ねむ》ると一気に回復するって書いてある」

明日《あした》起きた時の自分の様子を見て大丈夫《だいじょうぶ》そうならば、イルには特に何も言わずに魔法だけかけて出そう。

ただでさえ会計時に本当にこの値段で大丈夫なのかと確認される事があるのだ。

回復魔法の事を話してしまうと更《さら》に気を遣《つか》わせてしまうかもしれない。

ただの店員と客ならばちょっと行き過ぎたサービスかもしれないが、読書仲間への気遣いならばまあ大丈夫だと思う。

こういうものを嫌がる人ではないし、余計な事をと思われるような薄《うす》い友人関係でもない。

「これで少しでも元気になってくれると良いんだけど」

そうして新たな魔法を習得した次の日、朝の目覚めはとてもいいものだった。

「体、すごく軽い」

　ベッドの上で体を起こしたまま、思わずそう口にする。

　読書好き故《ゆえ》の肩こりもあまり感じず、起き抜《ぬ》けのだるさなどが全く無い。

　なんだったら今すぐその辺りをジョギングしてきてもいいくらいの体調の良さだ。

　雪が積もっているので実際に行く気はないけれど。

「高度魔法って書いてあっただけの事はあるなあ」

　救世主の特性である魔力の強さに感謝しつつ、部屋の窓を開けて外を見る。

　雪が積もっているのは相変わらずだが、今日は太陽が出ており天気は良い。

　軽い体と心地《ここち》の好《よ》い日差し、今日の午前中の読書タイムは少し厚着してベランダで読むのも良いかもしれない。

　温かい紅茶とクッキーを持ち出して、ベランダで膝に載せた本を開く。

　有意義な一日の始まりだ。


　今まで特に疲れを感じていた訳では無いが、やはり体が軽いと気分も良くなる。

　本当は数日に分けてやろうと思っていた作業も全《すべ》て終わり、新しいメニューも思いついた。

　一日中色々と動き回っていたが、体はほとんど疲れていない。

　紅茶一杯という手軽さでここまで回復するのならば、イルに出しても大丈夫だろう。

今日も夕方くらいには来るだろうし、体の疲れが取れれば精神的にも少しは楽になる筈《はず》だ。

そういえばもうそろそろ彼が来る時間ではないだろうか。

さっき上から見た時に馬の運動場の草がかなり減っているように見えたし、追加しておこうかと思い膝の上の本を置いて立ち上がった。

彼とはいつも店内でしか会わないのでイルの馬は見た事が無い。

動物は好きだしイルに頼《たの》んだら触《さわ》らせてもらえたりしないだろうか。

店のドアを開けながらそんな事を考える。

ドアを開けた瞬間、夕方近くになっただけあって冷たい風が吹《ふ》きつけてきた。

午前中はそれなりに暖かかったのだが、やはり雪国である。

「寒っ、平和な国なのは良いけど年間通してずっと大雪とか……絶対慣れるまでに時間がかかる気がする」

基本的に人が通る道には魔法がかかっており雪が積もらないようになってはいるらしいのだが、寒い事には変わりないので最近は四季が恋《こい》しい。

もっともオセル以外の大国もそれぞれ春、夏、秋に近い気候が続く国らしいのだが。

寒いのは着込めばどうにかなるから夏の国よりはマシかもしれない。

急いで厩《うまや》へと向かい扉《とびら》を開ける。

結界のおかげで暖かいが、運動場の隅《すみ》に生やした筈の草はごっそりと無くなっていた。

ある程度は自動で生えてくる魔法にしたはずなのだが。

「馬って結構食べるんだ。イル以外のお客さんが来るようになったら全然足りないところだった」

そういえば草以外にも果物とかニンジンとかも食べるんだろうか。

馬用の餌《えさ》も用意してはあるが、新鮮《しんせん》な野菜なんかもちょっとあげてみたい。

元の世界の馬と違《ちが》っていても困るし、食べさせても大丈夫かどうかイルに聞いてみよう。

彼がまだ来ていない事を確認して、ペンダントで検索《けんさく》してリンゴとニンジンを出してみる。

切ってボウルに入れた状態で出したので抱《かか》えて持っていても不自然じゃないだろう。

そのボウルを抱えたまま隅の草の所に移動した。

三十歳をもう過ぎたけれど魔法を使う瞬間《しゅんかん》は年甲斐《としがい》もなくドキドキする。

草を生やす魔法を使うべく軽く集中すれば、周りに魔法陣《まほうじん》が浮《う》かび上がって気分が高揚《こうよう》するのが分かった。

そのまま更に魔力を込めれば魔法陣が広がる場所にどんどん草が生《お》い茂《しげ》って来る。

うん、楽しい。

「……このくらいかな」

前よりも少し範囲《はんい》を広げたところで魔法を止めて入り口の方を振《ふ》り返ると、少し驚《おどろ》いた顔をしたイルと目が合った。

「あ、いらっしゃいませ。気が付かなくてごめんね。イルが来る前に運動場に草を追加しておこうと思っていたんだけど」

「い、いや、こちらこそ声を掛《か》けないですまない。今日は少し早く来られたからな」

いつの間にか来ていたらしいイルの横には真っ白な馬が立っている。

元の世界の牧場にいた馬よりもずっと大きい、これが軍馬という種類なのだろうか。

歩み寄って見れば更に大きく感じる。

「結構大きいんだね。キミとは初めましてだ」

下から見上げる位置に顔がある。

馬の方も興味を持ってくれたのか少し下を向いてくれたので顔が良く見えるようになった。

「わ、綺麗《きれい》な子だね」

馬の中でもかなり綺麗な部類なんじゃないだろうか。

キリッとした顔がどこかイルと似ている気がして面白《おもしろ》い。

澄《す》んだ青い瞳《ひとみ》がとても優《やさ》しい雰囲気《ふんいき》を醸《かも》し出している。

少し細められていた目が丸くなり、さらに首を下げてきた事で馬の顔が近づいてくる。

「お、おい！」

慌《あわ》てたようなイルの声が運動場に響《ひび》くが、馬は気にせず私、というよりも私の持っているボウルに顔を寄せてくる。

鼻先が入りそうな勢いだ。

「あはは、気になるよね。イルの馬が食べるかな、と思って用意していたんだけどニンジンとリンゴあげても良い？　触っても大丈夫？」

「あ、ああ、大丈夫だが」

リンゴを一つ持って差し出してみると普通《ふつう》に手から食べてくれた。

まん丸になった目がキラキラしている。

「可愛《かわい》いねえ、餌箱《えさばこ》にも入れておくから好きに食べてね」

人の言葉もある程度把握《はあく》しているのか嬉《うれ》しそうに嗚いた後に顔にすり寄って来てくれる。

馬にここまで近づかれた事はなかったがやっぱり動物は可愛い。

「可愛い、撫《な》でて大丈夫？」

「……ああ。人に危害は加えないからそのまま鼻筋を撫でてやってくれ」

イルが説明してくれた通りにそっと鼻筋を撫でる。

馬の瞳は相変わらず優しいままだ。

一通り撫でてから手を離《はな》すと馬が顔を上げる。

さっきのように首を下げてくれなければ私の手は鼻まで届かないだろう。

「やっぱり動物って癒《いや》されるよね。触らせてくれてありがとう」

「いや、それは別に構わないのだが。ツキナは怖《こわ》くないのか？」

「怖い？　え、馬の事？」

「ああ」

思ってもみなかった質問だ。

確かに馬は大きいから怖い人は怖いかもしれないが、元の世界とは違ってここでの馬は重要な交通手段として国中に普及《ふきゅう》している。

普及している以上は人に危害を加える可能性は低いし、何より元々馬は好きな動物の中でもかなり上位の部類に入る。

何故《なぜ》か深刻そうな表情を浮かべるイルを不思議に思いながらも彼の疑問に答えを返す。

「怖いとは思わないなあ、元々馬は好きだし。この子は特に綺麗で可愛いと思うよ」

ねえ、と馬の方に声を掛ければまた顔を下ろしてくれた。

もう一度鼻筋を撫でながらイルの方を見る。

「お城のメイドさん達だって怖がったりしないでしょう。私たちの生活を助けてくれる子たちなんだし」

私の答えを聞いたイルが少し驚いた顔をした後に顔を伏《ふ》せる。

次に顔を上げた時には彼の表情は嬉しそうな笑顔《えがお》に変わっていた。

「そうだったな……リンゴをありがとう」

「こちらこそ、撫でさせてくれてありがとう」

イルが馬の手綱《たづな》を離《はな》すと嬉しそうにリンゴを入れた餌箱の方へ駆《か》けていった。

駆けていく姿も見惚《みと》れてしまうくらいに綺麗な馬だ。

この運動場が見える店内の窓には薄《うす》いカーテンがあり、前に飾《かざ》っている調度品の関係もあって開けていなかったのだが、この子が走り回っているのが見られるのならば次からは開けておこう。

キラキラとした目で食べ始めた馬を見つめてから、イルの方に向き直る。

「そうだ、イルが読みたいって言ってた新刊入ったよ」

「本当か！」

嬉しそうに笑った彼がお店の方に向かって歩き出す。

店員よりも先にお客さんがお店に入る光景はなかなか見られないのではないだろうか。

嬉しそうな笑顔がさっきの馬のキラキラした目と似ている事に気が付いて、イルに気取られない様にこっそりと笑う。

ペットは飼い主に似ると言うが、馬も騎手《きしゅ》に似るのだろうか。

イルも馬もキリッとした美形の顔立ちなのに、好物を目の前にした時の嬉しそうな雰囲気がそっくりだ。

もう一度笑ってからイルの背を追ってお店へ向かう。

今日入った新刊と回復魔法《まほう》で彼が元気になると良いのだけれど。

✦ ✢ ✦

ツキナという読書仲間ができてしばらく経《た》ち、店では楽しい時間を過ごす事ができている。

同年代の女性と毎日のように親しく会話するなど今までの自分ではあまり考えられなかったが、同じ趣味《しゅみ》の事で深く語り合えるのが楽しくて仕方がない。

食欲《しょくよく》も無くなっていたのが嘘《うそ》のように戻《もど》って来たし、今まで手に入らないと諦《あきら》めていた本の大半があの店には揃《そろ》っている。

救世主の騒動《そうどう》が無ければもっと心から楽しめていただろう。

相変わらず、救世主の少女は魔法を覚えない。

挙げ句に騎士《きし》団の馬をどこかで見てしまったらしく今まで以上に慎重《しんちょう》に隠《かく》すようにとの命令まで来てしまった。

騎士団の苛立《いらだ》ちはピークに達している。

ほとんどのメンバーは実家の村や友人の家に馬を置かせてもらって、王城から離れた所で運動させる事にしたようだ。

ベオークは相変わらず王女に場所と時間を捻出《ねんしゅつ》してもらう形を取っている。

彼女の店を見つけていて本当に良かった。

馬も走らせてやれるし、あの店に行くとストレスも一気に吹《ふ》き飛ぶ気がする。

それにしても大きいとはいえ遠くから見る馬の何が怖いというのだろう。

女性にとっては……ツキナにとっても怖いものなのだろうか。

そんな風に浮かんだ疑問は他《ほか》ならぬ本人によって解決する事になった。

笑顔で愛馬を撫でるツキナを見て安堵《あんど》する。

最初は失敗したと思った。

ともかく救世主の少女から離れたくて、いつもより急ぎ足で城を出たのがまずかった。

店に着いた事で安堵して中を確認《かくにん》せずに運動場の扉《とびら》を開けたのも不注意だったように思う。

誰《だれ》もいないと思っていた運動場の隅《すみ》ではツキナが何か魔法を使っていた。

ふわりと広がる魔《ま》法陣《ほうじん》の中で、地面から草がどんどん生えていく。

植物の生成魔法はかなり高度なもののはず、それを何もない所から生やすとは。

結界の機能の充実《じゅうじつ》さといい、店内の細かい所まで行き届いた魔法といい、魔力《まりょく》もコントロールもすごいなと感心する。

心の奥で彼女が救世主だったら良かったのに、という思いが湧《わ》き上がった。

そんな感情も振《ふ》り返った彼女の顔が驚《おどろ》いたように変わったのを見て吹き飛んでしまう。

俺の横には愛馬が居る、救世主が見るたびに怯《おび》える、大きな馬が。

彼女も馬を怖がるかもしれない、そうなったら何かが壊《こわ》れてしまうような気がして背筋がひやりとする。

命を預ける事もある愛馬だ、良い友人関係を築けている彼女から否定されてしまったら。

しかしそれも余計な心配だった。

いつもと変わらずにこやかに笑う彼女は馬に初めましてと言い、綺麗《きれい》だと褒《ほ》めてくれる。

愛馬が褒められるのは純粋《じゅんすい》に嬉しい。

彼女の持っていたボウルに鼻先を突《つ》っ込まれても怒《おこ》らずにリンゴを与《あた》えてくれ、すり寄った馬に対しても嬉しそうに笑って撫でてくれる。

メイドだって怖がらないでしょう、と言われてそんな事も忘れていた自分に驚いた。

いつの間にか救世主の少女が基準になっていた自分の脳内に嫌気《いやけ》が差しつつも、彼女に否定されなくて心の底から安堵した。

その彼女から、読みたかった新刊が入っていると聞いて急いで店内へ向かう。

城では色々あるが、仕事さえ終わればここに来る事ができる。

好みの本、美味《おい》しい食事に落ち着く店内。

深く語りたいと思うような本に出会った後の彼女との語り合い。

店の入り口を開けて彼女が穏《おだ》やかな笑みで迎《むか》えてくれた時、ようやく一息吐《つ》ける気がする。

仕事で店に来られない時は残念で仕方がない。

以前は仕事が終われば城内の自室に直帰して本を読んでいたのだが、最近は自室よりもこの店の方が落ち着くように感じる。

この店を見つけてから数か月、どうしても抜《ぬ》けられない用事がある時以外は通い詰《つ》めていた。

勝手知ったる店内へ足を踏《ふ》み入れれば、どこか楽しそうに笑うツキナが後から入って来る。

「どうかしたのか？」

「ううん、何でもない。今日は何にする？」

「昨日は紅茶だったからな。今日はコーヒーを頼《たの》む。食事はもう少ししてからでも良いか？」

「うん、大丈夫《だいじょうぶ》だよ。じゃあ、少々お待ちくださいませ」

カウンターの方へ向かう彼女の背を見送って、本を一冊選んでからいつもの席へ向かう。

飲み物もかなり種類が豊富だし日替《ひが》わりで色々と飲んでいるがどれも美味しい。

豆や茶葉を売ってもらえないか聞いてみるかと思いながらも本を開いた。

しばらく経って彼女が運んできてくれたコーヒーに口を付ける。

いつも通り美味《うま》いコーヒーが喉《のど》を通っていく感覚に、ほう、と息を吐《は》き出す。

好きな場所で飲む温かい飲み物のおかげか、ふっと体が軽くなったような気がした。

落ち着いた音楽、暖炉《だんろ》の火がパチパチと爆《は》ぜる音、自分とツキナが時折捲《めく》る本の音。

彼女と二人きりの店内では耳に入る音は優《やさ》しく、更《さら》に穏やかな気分になれる。

もういっそここに住んでしまいたいくらいだ。

しかしだからこそ終わりの時間が憂鬱《ゆううつ》で仕方がない。

笑顔で見送ってくれるツキナに背を向けて店を出たと同時にため息が漏《も》れる。

明日も救世主は色々と騒《さわ》いでいるのだろうか。

そんな憂鬱な気分でベッドに入った次の日だった。

最近は起きてすぐから何だか疲《つか》れているような気分になっていたのだが。

目覚めてすぐに体を起こしてじっと手を見つめる。

なんだか体が軽い、胸の内にあったモヤモヤとしていたものも薄くなっている気がする。

救世主への嫌《いや》な気持ちが消えた訳では無いものの、なんだかすっきりした気分だ。

ベッドから下りて数歩歩いて立ち止まる。

書類仕事が多い上に剣《けん》を振るう事で、慢性《まんせい》的な痛みを訴《うった》えていた肩《かた》が楽になっていた。

昨日は店でずいぶんゆっくりできたからそのおかげだろうか。

しかし今まで過ごして来た数か月間でこんな風に回復した事はない。

「まあ、動けるに越《こ》した事はないか」

今日は朝からベオークと軽く打ち合おうと約束している。

身支度《みじたく》を済ませてから鍛錬《たんれん》場へ向かう。

もうすでに来ていたベオークがひらひらと手を振っているのに応《こた》えつつ、剣を握《にぎ》る感覚を確かめた。

数度打ち合った後、休憩《きゅうけい》を入れる事にして口に水を一気に流し込む。

自分の方が立場が上とはいえ、ベオークとの実力差はほとんどない。

真剣《しんけん》に打ち合ったせいで二人とも息切れしている。

「なんかお前今日強くないか？」

「今日はなんだか体の調子が良くてな。動きやすい」

「確かに顔色も良いな。何か良いことでもあったのか」

良いことか、不意にツキナの笑顔《えがお》が思い浮《う》かぶ。

あの店を見つけてから、彼女と関《かか》わるようになってから、前よりもずっと日々は楽しい。

夕方の仕事終わりが待ち遠しくてたまらない。

今日もきっと彼女は笑顔で迎えてくれるだろう。

頭に浮かんだ彼女の笑顔につられるように口元に笑みが浮かぶ。

「そうだな、かなり良いことがあった」

「欲しかった本でも見つけたのか？　どうしても読む時間が捻出できない時は、俺がお前の馬を走らせて来ても良いぜ」

「今のところは大丈夫だ、ありがとう。俺の事は良いから王女との時間を取ってやれ。王女が救世主からメイド達をうまく庇《かば》っているのは知っているんだろう」

「もちろんだ。基本的に仕事が終われば彼女と過ごしているからな。今日も馬の運動を兼《か》ねて遠乗りに行く予定だ」

「そうか、ゆっくり過ごしてくると良い。王女も城から離《はな》れた方がのんびりできるだろう」

何となくツキナの事は黙《だま》っておきたくて軽く濁《にご》す程度に止《とど》めておく。

この救世主の騒動が収まれば、ベオークに彼女の事を紹介《しょうかい》できるかもしれない。

いや、別に今紹介しても問題は無いのかもしれないが。

けれど今はもう少しだけ自分だけの癒《いや》しの場であってほしい。

あの温かな空間も、彼女という友人も。

いい大人が秘密の場所を独《ひと》り占《じ》めしておきたいだなんて、まるで子供に戻《もど》ったみたいだと苦《く》笑《しょう》した。

第五章　縮まる距離

イルに回復魔《ま》法《ほう》のかかった飲み物を出した次の日、いつもの時間に来たイルの顔色はかなり良く隈《くま》も少し薄《うす》まっていた。

本人は魔法の事には気が付いていないようだったが、少しでも元気になったのなら良かったと胸《むね》を撫《な》で下ろす。

彼の注文の品に昨日よりは効力の弱い回復魔法をかけてからテーブルへと運んだ。

「お待たせしました」

「ああ、ありがとう。ツキナ、この本の続編が出ている事は知っているか？」

「え、本当に？　探してみたけど見つからなかったよ」

彼の手にある本はつい先日仕入れたばかりの物だ。

すごく気になる所で終わっていたが、そこで完結だと言われても頷《うなず》けるような内容だった。

「俺もこの間偶然《ぐうぜん》知ったのだが、この作者は別の名前でも本を出しているらしくてな。そちらの名前の方でスピンオフのような話を出しているらしい。ただその本自体は見つけられていない。俺も続きが気になるから探してはみるがツキナも見つけた時は頼む」

「わかった。教えてくれてありがとう。続きがあるなら読みたかったんだよね」

こういう時、本の趣味《しゅみ》が合うというのは良いものだと実感する。

私の好きな本は彼も好きだし、逆もしかりだ。

ペンダントで検索《けんさく》して出す事はできても、まず検索する事ができない物は出せない。

このペンダントはあくまで物を出す専用なので調べ物には使えないのだ。

だから私が検索ワードを思いつけない物は出す事ができない。

作者の名前が同じならばすぐに出せるが、今回のように別の名前で出している事を知らなければもちろん出すことは不可能。

やはり本仲間がいるというのは良いものだ。

元の世界の友人たちは読書にのめり込むタイプではなかったし、家族は……

「………」

軽く頭《かぶり》を振《ふ》って、イルにごゆっくりと告げてからカウンターの中へと向かう。

イルが話してくれた本の事も気になるが、今すぐに出すわけにもいかない。

数日したら見つかったよと言って彼に見せようと決めて自分も本を開く。

そうして時折イルと話しながら本を読み進めていき、いつも通り彼が帰宅するのを見送ろうとした時だった。

「ツキナ」

「どうかした？　さっき言ってた本なら私も探しておくよ？」

「いや……ありがとう」

そう言って微笑《ほほえ》むイルの手には一冊の本がある。

さっき本棚《ほんだな》の方へ行っていたのでその時に見つけた本だろう。

てっきりいつも通りキープを頼《たの》まれるのかと思っていたのだが、本の表紙を見て苦笑した。

「ごめんね、余計なお世話かとは思ったんだけど。疲れてるみたいだったから」

彼が持っている本は私が一昨日《おととい》にらめっこしていたあの回復魔法が書かれた教本だ。

基本的に読み終わったものはお店の本棚に入れているのでこれも店内にあった。

今までイルが魔法の教本を手に取った事は無かったので、まさか今日気づかれてしまうとは思っていなかったのに。

「今日は目覚めた時からずっと体が軽くて、気分も上向きだったんだ。いつもならばここに来るまでの時間は胃がキリキリしている事も多いのだが、本当に調子が良くて友人にも驚《おどろ》かれたくらいだ。君のおかげだったんだな」

ありがとう、と再び微笑んだ彼の顔を見てどくりと心臓が跳《は》ねた気がした。

「その、喜んでもらえたなら良かった。勝手に魔法かけちゃってごめんね」

「むしろ礼を言わせてくれ。そもそもこの魔法がかかった物を飲み食いしようと思ったら相当値が張るぞ。ただでさえ安いんだからもう少し取ってくれても良いのだが」

「これはお店に出すための品じゃなくて、疲れている本仲間に元気になって欲しいと思ったからやっただけだもの。魔力《まりょく》は高い方だし、イルが気にならないならこれからもかけて出すよ」

「それは……本当にありがたいが良いのか？」

「だって疲《つか》れていると眠《ねむ》くなってこない？　疲労《ひろう》がたまってくるとどれだけ面白《おもしろ》い本を読んでいてもぼんやりとしか内容が入ってこなかったり、気が付いたら本を開いたままうとうとしていたりするし。そういう時ってすごくもったいない気がするんだよね。集中して読みたいのに疲れているせいで諦《あきら》めなくちゃいけないのは私はすごく嫌《いや》で」

「それはよくわかる。続編を読んだ時に内容を覚えていない個所《かしょ》があると何だか悔《くや》しい気分になるな。もう一度読み返すのも楽しいのだが、やはり重要な個所はしっかりと読み込んでおきたい。その上でもう一度読み返す方がずっと楽しいしな」

「だよね。どうせなら伏線《ふくせん》は全部回収して何もかも知ってる状態で初めから読みたい……じゃなくて。私もそうやって集中したいタイプだから、イルもそうだろうなって思ったの。私にとっては気軽に使える魔法の一つだし、それでイルが元気になるなら嬉《うれ》しい」

「ツキナ……ありがとう。すまないが、頼んでも良いか」

「うん、味は大丈夫《だいじょうぶ》だった？」

「いつも通り、すごく美味《うま》かった」

「良かった。騎士《きし》団長の仕事もあるだろうし色々大変な事もあるかもしれないけど、その分ここではゆっくりしていってね」

「……ああ、ありがとう」

今日何度目になるのか、そうお礼を言った彼は何か噛《か》みしめるような笑《え》みを浮かべていた。

その日からしばらく経《た》って、イルは更《さら》に遠慮《えんりょ》が減ったように思う。

元々友人として接してはいたがもう少し仲良くなれた気がする。

今日も彼はお店に来たのだがそれぞれ本を読み始めてからしばらくしてページを捲《めく》る音がしていない事に気が付いて顔を上げた。

横のテーブルに片手で頬杖《ほおづえ》をついて膝《ひざ》の上の本を読んでいた体勢のまま、イルが目を閉じている。

最初は読み終わって世界観に浸《ひた》っていたのかとも思ったが、どうやら本当に眠っている様だと気が付いて驚いた。

他《ほか》にお客さんが来た事が無いとはいえ、店という場所で居眠《いねむ》りをするような人ではない。

けれどどれだけ見つめていても彼が起きる様子は無かった。

「……疲れている事に変わりはないもんね」

どれだけこの店でリラックスする事ができたとしても、趣味の時間を楽しんでストレスが解消されたとしても、彼の日常に何か疲れる事がある事には変わりない。

静かにカウンターを出て彼の肩《かた》に使っていたストールを掛《か》ける。

それでも起きる様子の無いイルを見て、疲れへの心配と心許されているという嬉しさが湧《わ》き上がった。

彼の事だしもし他のお客さんが入ってくれば目覚めるのだろうが、私が肩に触《ふ》れる距離に来ても起きないいくらいには信頼《しんらい》を貰《もら》っているようだ。

最近は魔法の効果もあるのか顔色も良いし、目の下の隈はさらに薄まってきている。

唯一《ゆいいつ》関《かか》わるこの世界の住人、こんなに趣味が合って語り合える人とは元の世界でも出会った事が無い。

毎日趣味の時間に没頭《ぼっとう》できて、ペンダントのおかげで将来の不安も無くなった。

とはいえ強制的に連れてこられて今までの世界を取り上げられたことに対して、何も思わない訳では無い。

生活の中でふと思い出すのはどうしても三十年以上生きて来た世界の方だ。

今度の休みに一緒《いっしょ》に出掛《でか》けようと約束していた友人達はどうしているだろう、そう考えても答えは一つで。

私の存在はもうあの世界から消えている。

今の彼女たちは私の事を知らない、ただ私だけがいない世界でいつも通りの日常を送っているはずだ。

ここでの生活は楽しい、けれどどこか寂《さび》しくもある。

そんな知らない世界でできた唯一の友人。

イルと関わるようになってからは彼との日々を思い出す事も増えてきた。

寂しさが少し薄まった気がして、彼にはすごく感謝している。

未《いま》だにイル以外の人との関わりは無いのだけれど。

「私が外に出ないのが悪いんだけどね」

たとえ外に出たとしても、この年齢《ねんれい》になると同じ職場だとか習い事が同じだとかではない限り友人はできにくい気がする。

イルとこうして友人になれたのはある意味奇跡《きせき》の様なものだろう。

初めてのお客さんから常連さんに、本仲間から気の置けない友人に、そして。

「友人から親友に、なんてね」

イルの膝の上で開いたままになっている本にそっとしおりを挟《はさ》んでおく。

これならば万が一閉じてしまっても大丈夫だ。

魔法《まほう》のアラームは渡《わた》してあるので、用事があっても寝過《ねす》ごす事は無いだろうしこのまま寝《ね》かせておいてあげよう。

ああ、でも頃合《ころあ》いを見て声を掛けてあげた方が良いのかもしれない。

彼の膝の上に載《の》っている本は私が自分で読むために買った本だ。

読みつくして満足すればお店に出す予定ではあったが、しばらくは自室に置いて楽しむつもりだった本。

イルがこの本を探していると言わなければ一か月はお店の方に出さなかっただろう。

出したところでお客さんはイルしか来ないのでいつでも読み放題ではあったのだが、お店に出す本には色々と魔法をかけてから出しているので一応私物との区別は付けている。

汚《よご》れや破れ防止の魔法は本ではなくお店全体にかけてあり、店内の本全《すべ》てに効果があるために個別にはかけていない。

お店に出す本にかけているのは、持ち去り防止用に一定時間店の外に出された際に自動的に戻《もど》ってくる魔法だ。

なのでなんの魔法もかけていないこの本はしばらく自室で楽しむ予定だったのだが、イルが探していると聞いて部屋から持ってきた。

イルがずっと読みたいと思っていた本だったらしく楽しそうに読んでいたのだが、疲れが勝《まさ》ったのだろう。

ある程度仮眠《かみん》が取れれば頭もすっきりするだろうし、続きを読みたいと思うであろう彼のためにもしばらくしたら声を掛けてみようと決めて、音を立てないようにカウンターへと戻る。

本を読もうかとも思ったのだが、読書に集中してイルを起こすのを忘れてしまいそうだったので違《ちが》う作業をすることにした。

隅《すみ》に置いていた籠《かご》を手元に引き寄せて、中に入っている物を取り出す。

籠の中身は手作りの布製ブックカバーだ。

インテリアにもなるし、気分を変えたい時にも使える。

時間はたっぷりあるのでせっかくだから手作りにしてみた。

元の世界でもたまに作っていたので作り方は頭に入っている。

お店で針と糸を出すわけにもいかないため、縫《ぬ》う作業はもう終えてある。

後はインテリア用の何も書かれていない本にかけて飾《かざ》るだけだ。

完成品をペンダントで出しても良いのだが自分で作る作業も好きだし、何もかも頼《たよ》りきりの日々では張り合いが無くてつまらない。

だからやってみたいと思った事にはチャレンジするようにしている。

籠の中には二十枚ほどのブックカバーが入っており、サイズも数種類に分かれている。

どれにしようか悩《なや》みながら本に付けては外しを繰《く》り返して選んでいく。

理想のお店ではあるが、こんな風に細かい所を色々と変えていくのはすごく楽しかった。

変えた事に気が付いたイルが感想を言ってくれるおかげでもあるけれど。

最終的に数種類のカバーを付けた本をあらかじめ決めていた位置に置いてから、そろそろ良いかとそっとイルに声を掛けた。

「イル、そろそろ起きられそう？」

「……ん」

ゆっくりと切れ長の目が開いていくのを見て、本当に格好いい人だなとしみじみ感じる。

落ち着いていて格好良くて、性格も良いし地位も高い人。

何よりも趣味《しゅみ》が合って同じくらいの本好きだけれど、私にはもったいないくらいの最高の友人だ。

その友人は寝起《ねお》き故《ゆえ》か少しぼんやりとした表情でこちらを見る。

妙《みょう》に色気を感じる表情に鼓動《こどう》がどくりと跳《は》ね上がった。

美形って怖《こわ》いなあなんて思いながらも彼を見ていると、一瞬《いっしゅん》の間の後に慌《あわ》てたようにあたりを見回しだす。

「起こしちゃってごめんね。イルの事だし本も読みたいかなって思って」

「……俺は眠《ねむ》っていたのか」

「ぐっすりだったよ。もしもまだ眠いなら一応個室の席の方にベッドもあるよ」

「い、いや、大丈夫《だいじょうぶ》だ。起こしてくれてありがとう」

呆然《ぼうぜん》とした表情を崩《くず》さないまま、肩にかかっていた私のストールに気が付いたイルがお礼を言いながら渡してくるのを受け取る。

どうやら眠ってしまったのは自分でも驚《おどろ》くことだったらしい。

本当に疲《つか》れているようだ、何か他にも彼のためにできる事があればいいのだけれど。

誰《だれ》かのために何かしてあげたいだなんて久しぶりに思った気がする。

それも自分の生まれた世界とは一切《いっさい》関係のない別の世界の人に。

神様に救世主だと言われた時、どうして私が自分のすべてを捨てて全く関わりの無い、知らない世界の人達のために動かなければならないのかと思った。

罪悪感が無い訳では無いが、元の世界での存在すら消されたというのに自分の身を犠牲《ぎせい》にしてでも世界中の人々を助けたいなんて、とてもじゃないけれど思えはしない。

救世主だとは絶対に名乗り出たくはないし、知られたくもない。

ただ……救世主としてではなく一人の友人としてならば彼の力にはなりたいと思う。

気を取り直したように読書を再開したイルから離《はな》れてカウンターへと戻りながら、そんな事を考えた。


「今日はすまなかったな。無理を言って君の私物の本を借りたのに」

「友達に自分の本を貸すのが無理な事の訳ないでしょう。どうせ他《ほか》にお客さんも来ないし、イルが少しでも休めたなら良かったよ」

「自分でもまさか居眠《いねむ》りをするとは思わなかったよ」

どこか気まずそうに苦笑《くしょう》したイルに笑う。

「このお店がイルのリラックスできる場所になっているなら嬉《うれ》しいから気にしないで。本も読み途中《とちゆう》でしょう。貸そうか？」

「良いのか？」

「これはお店の本じゃなくて私の物だから問題ないよ。私はもう読み終わってるし」

「ありがとう、仕事の休憩中《きゆうけい》に読む事にする。討伐《とうばつ》の仕事ではなく内勤の仕事だから汚したりはしない」

「イルが本を汚すなんて思ってないよ。あ、そうだ」

レジの傍《そば》に置いていたブックカバーの入った籠の中から数枚取り出し、カバーに汚れ防止の魔法をかける。

これでこのカバーをかけた本は汚れたり破れたりしない。

「もしよければこれあげるよ。素人《しろうと》の私の手作りで申し訳ないけど、魔法はかけたから。このカバーをかけておけばこの店の本と同じ様に汚れ防止の魔法が働くよ」

「……相変わらず、高度な魔法を使うな」

「あ、まあ元々こういう魔法は得意だから」

苦笑したイルにドキリとしつつも、元々得意だからと言い訳をしておく。

大魔法を目の前で使ったり刻印を見られたりしない限り救世主だとはバレないだろうが、このお店、いや、イルの前で以外はあまり高度な魔法は使わない方が良いのかもしれない。

イルに関してはもう今更《いまさらかく》隠しても遅《おそ》いので気にしない事にしておく。

人の事をあまりペラペラと話すような人でも無いし大丈夫だろう。

ブックカバーを受け取ったイルが大切そうに鞄《かばん》の中へしまうのを、どこかくすぐったい気分で見つめる。

「俺は攻撃魔法《こうげきまほう》は得意だがこういう生活に関する魔法は苦手でな。このカバーがあれば自分の本も気軽に外へ持ち出せそうだ。ありがとう」

「役に立ちそうで良かった。イルでも苦手な魔法があるんだね。私は攻撃魔法の方がもう全然使えないけど」

「魔法の使用には意志の力も関《かか》わってくるからな。町でも戦う力がない一般《いっぱん》人なんかはやはり攻撃しようとすると魔法が発動しなかったりする。ツキナも戦闘《せんとう》に苦手意識があるんだろう」

やはりそういう事なのかとようやく納得《なっとく》できた。

私に攻撃意志が無いから、あの自分でも泣けてくるくらいの威力《いりょく》の魔法しか出ないんだ。

とりあえず攻撃魔法を使えないのが私だけじゃなくて良かった。

「イルも仕事上戦いがあるのは仕方ないけどあんまり無理しないでね。お店にイルが来るのが当たり前になって来たから来なくなったら寂《さび》しくなっちゃうし。あ、でも無理してまで来なくていいから体を休めるのを一番に考えてね」

「今の俺にとってはこの店に来る事が一番休める事だ。この店を見つける前までは食欲《しょくよく》も無くて食事量も減っていたくらいだしな」

「え、今は？　お店では食べてるけど日中とかお店に来ない日は食べてるの？」

「ああ、この店で食べてから食欲も戻って来た。一番量を食べるのはこの店でだがな。君の料理は俺の好みに合ってすごく美味《おい》しいと思う」

そう柔《やわ》らかく微笑《ほほえ》まれれば嬉しいやら照れくさいやらで顔が熱くなる。

自分の作るご飯を美味しいと褒《ほ》めてもらえるのは純粋《じゅんすい》に嬉しい。

「まあ読書に夢中になりすぎて一食抜《ぬ》く事はたまにあるがな」

「あー、気をつけてって言いたいけど私も良くやるから何も言えないや」

「この店でなら本を読みながら食べられることもあって食事もしやすい。このブックカバーのおかげで自室でも同じようにできそうだ」

嬉しそうに鞄を軽く叩《たた》いたイルに笑ってしまう。

本好きゆえの弊害《へいがい》というか、ついやってしまう事すら共通だなんてなんだか面白《おもしろ》い。

「また明日も来る。今日は色々ありがとう。貰《もら》ったカバー、大切に使わせてもらおう」

「こちらこそ、今日もありがとうございました」

お店を出ていくイルを見送ってから、お店の中を片付けて入り口にクローズの札を掛《か》ける。

明日もイルに会える、そう考えただけでなんだか幸せな気分になった。

ツキナの店で彼女にブックカバーを貰った次の日、今日はある意味城の住人にとって特別な日だった。

ガヤガヤと賑《にぎ》わう城の広間には行商の一団が店を出し、様々な商品が所狭《ところせま》しと並んでいる。

今の時間は城の関係者のみに開放された時間、王族の方々や騎士《きし》団員が楽しそうに見て回っていた。

こうして王族と兵士たちが身分差など気にせず同じ空間で買い物を楽しめているのも、平和なこの国らしくて気に入っている光景だ。

救世主の少女の姿が見えないことで余計に以前の平和な時に戻《もど》ったようで嬉しくもあり、けれど楽しそうに会話している王達の中に第二王子がいらっしゃらないのが寂しくもある。

以前ならば、楽しそうに王妃《おうひ》や王女に贈《おく》り物を贈っていたりしていたのだが。

あれだけ家族思いだった王子が、ああまで救世主の少女の言いなりになっている事が不思議で仕方がない。

「いやあ、今日は平和だな。救世主はこの後王子と二人で貸し切って買い物するんだろう？」

「ああ、その方が他の人間がゆっくり見て回れるからと王が気を遣《つか》って下さったからな」

「救世主の為《ため》の貸し切り時間があるのが腹立たしいが、同じ時間に買い物した方がイライラしそうだし、王の心遣いに感謝しなくちゃならんな」

「貸し切りといえど一時間程度だがな。その後は城下の人々に開放される予定だから時間はずらせないと納得させたらしい」

「なるほど。まあ一時間もあればあの救世主には十分だろ。飽《あ》き性《しょう》みたいだから短時間で満足しそうだしな。さて」

楽しそうに辺りを見まわしたベオークが王女を見つけて笑う。

「俺はあいつに何か贈り物でもしてくる。こんな機会は久しぶりだからな」

「ああ、王女も喜ぶだろう」

「お前も贈り物ができる相手ができると良いな。相手の事を考えながら色々と選ぶのは結構楽しいぜ。俺達の年代はすでに他に恋人《こいびと》がいる人間が多いのが難点だが、フリーの女性ならお前がアプローチすればうまくいくんじゃないか」

「そのセリフは少し前のお前に聞かせてやりたいな」

にやにやと笑いながら俺をからかう様に発言したベオークにそう返せばぐっと押し黙《だま》った。

「来るもの拒《こば》まず去るもの追わずだったお前が王女のアプローチに負けてひたすら悩《なや》んでいた時期が懐《なつ》かしいな」

「その節は大変お世話になりました……」

がっくりと頭《こうべ》を垂れたベオークを笑い飛ばしながら、背中を軽く叩いて王女の方へ行くように促《うなが》す。

年の差がありすぎるとか、身分差がありすぎるとか、そんな事で悩んでいたあいつの背中を押したのは一年ほど前だ。

ベオークが気にしていたことなど、王達は全く気にしていなかったというのに。

ここは本当に平和で、良い国だ。

早く以前の様に、救世主の少女が来る前の様に戻ると良い。

ベオークが王女の方に向かって行くのを見送り、自分も周辺を見回す。

賑わっているのは他国の食品を扱《あつか》う店だろうか。

よく動く騎士団のメンバーは比例するようによく食べる。

王は王妃と楽しそうに装飾品《そうしょく》を見ており、そことは別の装飾品の店の前にはベオークと王女が向かっている様だ。

嬉しそうに頬《ほお》を赤らめた王女がベオークの腕《うで》を引いている。

王女を見るベオークの目が愛《いと》おしげに細められているのを見て、何とも言えない気分になりつつも親友の幸せは嬉《うれ》しい事だとも思う。

俺も店を見て回ろうと歩き出し、店を覗《のぞ》きながら歩を進めていく。

いつもならば古書の店へ直行するか部下たちと食品を見るのだが。

今はツキナの店で大半の本が読める上に、他国の料理も自分好みの味のものが食べられる。

その辺りの店は軽く覗くだけにして武器の手入れ用品などを見て回る事にした。

色々と見て回った頃《ころ》、ありがとう、と嬉しそうな王女の声が聞こえて視線を向ける。

ベオークが贈ったであろうネックレスを見つめる王女の顔は本当に嬉しそうに綻《ほころ》んでいる。

贈り物というものはやはり嬉しいものだ。

ツキナに貰ったブックカバーを思い出して笑《え》みが浮《う》かぶ。

汚《よご》れ防止の魔法もだが、落ち着いたデザインのカバーのおかげで読書の時間がより楽しくなった。

高度な魔法をポンとかけたものを気軽にくれたが、市販《しはん》で買おうと思うとかなりの高級品になってしまう。

そういえば彼女が友人へのサービスだとかけてくれている飲食物の回復魔法も高度なものだし、馬に与《あた》えてくれる餌《えさ》も特に代金を取ってはいないようだ。

「贈り物、か」

昨日見送ってくれた時のツキナの笑顔を思い出す。

興味深く自分では手に入らないような蔵書の数々、優《やさ》しい味のする美味しい食事、座り心地《ごこち》の良い椅子《いす》と穏《おだ》やかな空気、そしていつも気遣《きづか》ってくれる彼女の笑顔。

毎日のように入り浸《びた》っているが、もっとあの店で過ごしたいと思ってしまう。

「いつもの礼、という事ならば受け取ってくれるだろうか」

周囲の店に目を向けて思案する。

俺が何か贈っても喜んでくれるだろうか、笑ってくれるだろうか。

金銭は受け取ってくれないだろうが、何か品物ならばきっと大丈夫《だいじょうぶ》なはずだ。

誰《だれ》かに、それも同年代の女性に贈り物をしたいなんて初めて思った。

苦笑《くしょう》しながら店を見て回る。

しかしこういった贈り物をした事が無いせいで、すぐに壁《かべ》に当たってしまった。

「……さっぱりわからん」

呟《つぶや》いた声は自分でも情けなくなるようなものだった。

贈り物の候補どころか何が良いのかまったく思い浮かばない。

流石《さすが》にここで本を贈るというのがおかしい事はわかる。

いや、ツキナならばその方が喜ぶかもしれないな。

おそらく当たっているであろう予測を頭の隅《すみ》に追いやりながら、目の前の装飾品の店を覗き込み頭を必死に回転させる。

いっそベオーク辺りに聞いてみようかと思ったが、少し嫌《いや》な気分になって頭《かぶり》を振《ふ》った。

ベオークの事は信頼《しんらい》しているし親友だとも思っているが、あいつに選んでもらった物を贈るのはなんだか違《ちが》う気がする。

どうせならば自分で選んだものを贈りたい。

他《ほか》の男ではなく、自分の選んだものを。

「……ん？」

思考が妙《みょう》な事になっている気がしたが、違和感《いわかん》はあれどそれが何故《なぜ》なのかわからない。

しばらく考えてみたが何がおかしいのかわからず、ひとまず置いておくことにした。

今は彼女への贈り物を選ぶのが優先だ。

店の装飾品の中でもシンプルなデザインの物に候補を絞《しぼ》ってじっと見比べる。

派手な物は好まないようだし、料理をしている以上指や手首につける物はやめた方が良いだろう。

本を抱《かか》えている事も多いから、コサージュやブローチも邪魔《じゃま》になってしまうかもしれない。

ネックレスか、それともイヤリングか。

ウロウロと彷徨《さまよ》わせていた視線が、隅に置いてある白い花の付いた髪紐《かみひも》に吸い寄せられる。

花は少し大振《おおぶ》りだが落ち着いたデザインだ。

ツキナは髪《かみ》を顔の横か後ろで一括《ひとくく》りにしているが、いつも紐だけの装飾の無い物だ。

この店は一点物の店だし、彼女の持ち物と被《かぶ》る事は無いだろう。

そう思ってしまえばもうそれ以外の選択肢《せんたくし》は浮かばない。

あまり高価な物でも彼女が委縮してしまうかもしれないと考えれば、値札に書かれている値段もちょうど良い金額だ。

あれにしようと決めて店主に声をかける。

「すまない、これを包んでもらえるか」

「はい。ありがとうございま、ソ、ソウェイル様！」

後ろを向いて品を出していた店員に声を掛《か》けると、ひどく驚《おどろ》かれた。

俺が不思議そうに見ている事に気が付いた店員が、慌《あわ》てて笑みを作り髪紐を包み始める。

なんだかよくわからないが、包みのデザインもツキナが好きそうな物で良かった。

代金を渡《わた》して包みを受け取り笑う。

確かに誰かの事を考えて贈り物を選ぶのは楽しい。

きっと喜んでくれるだろう、買い物の時間が終われば午後は非番だ。

今日は少し早めに彼女の店へ向かおうと決める。

ざわざわと賑《にぎ》わっていた周囲が静かになっている事に疑問を覚えつつ、その場を後にした。

第六章　訪問者と変化

イルにブックカバーをプレゼントした次の日、彼が来るのを楽しみにしながらカウンター内でコーヒー豆や紅茶の茶葉を整理していた時だった。

頭の中で来客を告げる音色が鳴り響《ひび》き、反射的に顔を上げて笑みを浮かべる。

「いらっしゃいませ」

てっきりイルだとばかり思っていたが、入って来たのは見た事の無い男性だった。

おそらく同年代だとは思うのだが、まるで悪戯《いたずら》っ子のような笑みを浮かべた男性。

イルとは別のタイプの整った顔立ちだが、明るくて面白《おもしろ》いからモテそうな美形だ。

「よう、順調にやってるみたいだな」

初対面の男性からまるで顔なじみの様にそう声を掛けられてポカンとしてしまう。

この世界での私の知り合いはイルだけのはず。

そう考えた時、不意にもう一人、一人とカウントしても良いかわからないが知り合いがいることに思い至った。

姿は違うがその雰囲気《ふんいき》には覚えがある。

小さな声でそう口にした私を見て男性の笑みが深くなる。

「……神様？」

そのまま歩み寄ってきた彼がカウンターの席に腰掛《こしか》けた。

「突然《とつぜん》悪いな、呼ばれたわけじゃなく勝手に来ただけだから、願い事にあった三回の呼び出しには含《ふく》まれない、安心してくれ」

その言葉に予想があっていたことを確信して安堵《あんど》する。

もしも間違《まちが》っていたら普通《ふつう》の人相手に神様、なんて呼びかける妙な人物になってしまうところだった。

「本当に、神様なんだ」

「ああ、姿はこちらの人間に合わせてみた」

飲むのかはわからないがコーヒーを淹《い》れて差し出してみると、普通に口をつけた神様。

色素の薄《うす》い長髪《ちょうはつ》を顔の横で緩《ゆる》く編んだ彼は服装こそこの世界の物だが、町を歩くと何だか浮いてしまいそうな浮世《うきよ》離《ばな》れした雰囲気も持っている。

「前に言っていた様子見ですか？」

「まあそれもあるが。ああ、別に敬語はいらんぞ。普通に話せ」

「は、はあ」

まったく気にしていなそうなので遠慮《えんりょ》なく普通に話させてもらう事にして、神様の顔を見つめる。

もう一度コーヒーに口をつけてから彼が口を開いた。

「今日君の所に来たのはな、ちょっとした問題が起こりそうだからだ。その問題がこの国にいるもう一人の救世主の事だから君の所に来た」

「もう一人の救世主？　え、この国にもう一人救世主がいるの？」

「は？　知らないのか？」

「まったく」

私の言葉を聞いた神様の顔が何とも言えない、どこか悲痛そうな表情へと変わる。

「君、いくらなんでも少しは外に出た方が良いぞ。いや、確かに君の状況《じょうきょう》ならば引きこもるのもわかるが」

正論だ、何も言い返せずに視線を逸《そ》らした私に苦笑いしながら神様が話を続ける。

「この国には君以外にもう一人救世主がいる。君を送る少し前に送った子なのだが、今は城で暮らしている。この国で救世主といえば彼女の事を指すだろうな」

「へえ、その子がどうかしたの？」

城か、イルと同じ所に住んでいるのか、なんて思っていた私に神様が深刻そうな表情で話しかけて来る。

「問題が起こりそうだと言っただろう。その城にいる救世主は若い娘《むすめ》なのだが、救世主とは名ばかりで大魔法《だいまほう》どころか低級魔法の勉強すら拒絶《きょぜつ》し、日々城で遊び暮らしている」

「え、でも救世主としてそこにいるんでしょう？」

「そうだ」

「それは、すごいね」

私がその状況ならば自分の意志は置き去りにして、なんやかんや気を遣《つか》い、周りに流されて救世主として働いてしまいそうだ。

そしてできなくて自己嫌悪《けんお》するのが目に見えている。

だからこそ誰《だれ》にも知られないように、働かない以上は変な迷惑《めいわく》にはならないようにという意味も含めてここに籠《こも》っているのに。

「彼女は若い、というよりも幼いと言った方がしっくりくる子だな。君は救世主である事を気付かれたくないからこの森深くに籠っている。国の人間に気づかれれば大騒《おおさわ》ぎで祭り上げられることはほぼ確定だしな。静かに暮らすには自分の正体を隠《かく》し通すしかないだろう。だが彼女はさっきも言った通り堂々と救世主を名乗りながら日々王城で遊び暮らしている」

「うわあ」

救世主として協力していないのは私も同じだが、流石《さすが》に彼女の様に協力していないにもかかわらず堂々と養ってもらう度胸は無い。

「それでその子がどうかしたの？」

「ああ、今日は警告というか報告というか、まあそんな感じで来た」

「それ、どっちになるかで相当意味合いが変わってくると思うんだけど」

「どちらに取るかは君次第《しだい》だな。まず、彼女は魔法を一切《いっさい》覚えていないと言っただろう。ここに来るときの願い事は容姿を整えてほしいという事だったし、戦う力は一切持っていない。色々な願い事を叶《かな》えて来たが、未《いま》だに人間の考える事はよくわからんな」

「ええ……」

私のように複数の願い事が叶えられると知っていたのならばともかく、一つしか願い事が叶えられない状況で命の危機がある場所に行くのに、その願い事で良いのだろうか。

いや、私が口を出すような事ではないのだけれど。

「彼女は魔法を一切覚えておらず守られるだけにもかかわらず、城で我がまま放題だ。この国の第二王子が彼女に惚《ほ》れ込んでいるのもあるが、魔法を覚えていないとはいえ強大な魔力《まりょく》を持つ救世主を他国に渡すわけにもいかずに城で持て余されている」

もしかしてイルが疲《つか》れてるのは、その救世主のせいなんだろうか。

嫌《いや》な汗《あせ》が背中を伝う。

「彼女は金持ち夫婦《ふうふ》に遅《おそ》くできた待望の一人っ子という奴《やつ》でな、元の世界でも溺愛《できあい》されて両親が言う事をほとんど聞いていたんだ。だから何かを堪《た》えるという事が嫌《きら》いらしい」

「お金持ちなら尚更《なおさら》教育には力を入れそうだけど」

「ま、そこは人それぞれなんだろう」

カップをカウンターに置いた神様がため息を吐《は》いてから苦笑《くしょう》する。

頰杖《ほおづえ》をついてこちらを見てくる視線は愉快《ゆかい》そうで、けれど困っているようにも見えた。

「前にも言ったが、本来なら救世主が過ごしてくれているだけでも世界のバランスが整ってくる。周りの人間の精神は知らんが、私にとってはバランスさえ整っていれば救世主達がどう過ごそうと構わない事だ。だが彼女は我がまま過ぎる。私も今まで結構な数の救世主をこの世界に送りこんで来たが、あそこまで魔法を覚えようとしない救世主は初めてだ」

周りの人間の精神も少しは汲《く》んでやって欲しい。

同じように救世主として働いていない私が言う事ではないけれど。

いや、この神様から見れば一応仕事している部類に入るのか。

「元の世界で甘やかされ放題で育ってきた事もあるが、どうもそのせいで妙《みょう》な方向へ進み始めていてな」

「妙な方向？」

「まず第二王子が彼女に夢中になっている件だが、彼女自身に惹《ひ》かれたのもあるだろうが強い魔力に酔《よ》っているという事もあるだろう。救世主への魔力酔《まりょくよ》いは今まで無かったが、あの王子の感受性が強いのだろうな。容姿を整えたことで魅了《みりょう》の魔法に近い効果が出ているのかもしれん。その王子が賛同しているからこそ彼女は大目に見られているふしもあるのだが……」

じっとこちらを見てくる視線にたじろぎながらも神様の目を見返す。

「君はもうずいぶん色々な魔法を覚えたんだな」

「えっ、まあ、今まで自分の世界に無かったものを覚えるのが楽しくて。後は普通に便利だったから」

「今までの救世主達もそうだ。世界を救う、大魔法を覚える、興味がある、理由は様々だが皆《みな》必ず一つは魔法を覚えていた。魔法は使い手の心に左右される事は知っているか？」

「うん、それは知ってる」

「率直《そっちょく》に言おう、私が危惧《きぐ》しているのは城にいる救世主の魔力暴走だ」

「魔力暴走？」

なんだか嫌な言葉だ。

神様の空気や表情がその嫌な予感に拍車《はくしゃ》をかける。

「本来ならば救世主の強大な魔力も君の様に細かな魔法を使う事によりコントロール力が身に付く。そうでなくても理性で抑《おさ》えられるものだ。だが城の救世主には自分が我慢《がまん》するという理性はない。嫌いなものは嫌い、だからどんな状況であっても拒否《きょひ》するし人や状況には合わせない。その心とコントロールできない強大な魔力。もしも何かがあって彼女の心が暴走する事があれば、魔力も同じように暴走する。強大な魔力が暴走すれば起こることはただ一つだ」

まっすぐに、視線を逸らさない神様が何を言いたいのか何となくわかってしまった。

顔が引き攣《つ》った私を見ても神様の表情は崩《くず》れない。

「救世主の魔力暴走は前にも起こった事がある。こんなつまらない理由では無かったがな。だが被害《ひがい》の規模は同じだろう。魔力暴走が起これば国が一つ消し飛ぶほどの衝撃《しょうげき》が起こる」

返す言葉が浮《う》かばず神様と見つめ合う形になった。

いつもならば穏《おだ》やかな雰囲気《ふんいき》を作る店内の音楽がどこか冷たい空気の中を流れている。

「……そんな危険な子を救世主としてこの世界に置いておくの？」

「自由に戻《もど》せるのならば散々拒否された時に君を戻している。それに今のは可能性の話だ。私がこの世界に送った人間を回収する時が来るとすれば、その人間が死んだ時か世界に重大な損失を与《あた》える時だけだ。事が起こらないと回収できん」

「回収の基準が分からないんだけど。お城の人の精神には十分被害を与えてるんじゃない？」

「言っただろう、私は救世主がどう過ごそうとも世界のバランスが整えば良い、と。だが救世主の我がままで世界が壊《こわ》れるような事があれば本末転倒《ほんまつてんとう》になってしまう。そうだな、例えば権力者が救世主の力を借りて世界を統一しようと戦争を起こすならば、私は見守るだけだ。流石に世界が滅《ほろ》びるレベルならば考えるがな。だが救世主自ら世界を意のままにしようと動き、世界を壊すのならば、私は問答無用でその救世主を回収する。この世界を好きにできるのはあくまでこの世界の住人だけだ」

「勝手に連れて来て、でもこの世界の人と同じだけの権利は与えない、と？」

「そうなるな。冷たく聞こえるだろうが、その分連れてくる時に願いを聞いているつもりだ。それこそ救世主だというだけでここでは祭り上げられる存在だし、連れてきた救世主の様子は全《すべ》て窺《うかが》っているが生活に不便をしている救世主は今のところいない。破格の対応だと思うぞ」

「それは私みたいにあなたがぐったりするレベルで願い事を詰《つ》め込めば、そう感じるかもしれないけど」

「そうだな、人の願い事を聞くだけであそこまで疲れたのは初めてだ」

神様の苦笑いで店内の冷たい空気が霧散《むさん》したような気がして小さく息をつく。

行き先を平和な国にしてもらったはずなのに、まさかの同郷の救世主のせいで危険な国になってしまった。

イルの顔が頭に浮かぶ。

ここが無くなってしまうのは嫌だ。

「本当にその子は回収したり、他《ほか》の手を打ったりできないの？」

「私に今できる事は無い。だがそうだな、例えば魔力の暴走が起こっても君が結界魔法《まほう》で守る事ができれば、国は滅びないまま彼女だけを回収することは可能だ。結果的に国が助かったとしても滅ぼしかねない災害は起こっているわけだからな」

カウンターを挟《はさ》んでにやりと笑う神様。

初めて出会った時に良い人では無さそうと感じた彼、確かに良い人では無いだろう。

優《やさ》しいようで冷たい、人間とは違《ちが》う、物語の中の神様そのままのイメージだ。

「私に彼女を止めろと？」

「いや、そうは言っていない。災害が起こるのも可能性の話だし、もし起こった時に君がどんな選択《せんたく》をするかも自由だ。私が強制できることではない」

「…………」

「言っただろう、これは警告で報告だ」

そう言った神様の目は真剣《しんけん》そのものだった。

つまり結構な確率で起こるかもしれないということだろう。

少し悩《なや》んでから、今なら答えが貰《もら》えるだろうと神様に問いかける。

「ちょっと聞きたいんだけど、救世主同士で魔法の争いになった場合ってどっちが勝つの？」

「どっち、とは？」

「救世主の魔力はこの世界で最大の部類なんでしょう。同じくらいの魔力の持ち主が、例えばその彼女が攻撃《こうげき》の大魔法を撃《う》って来たとして。私が結界の大魔法で防ごうとしたらどっちが勝つ？」

「様々な要因が絡《から》むから一概《いちがい》には言えんが、基本的に魔法の効果が同時に消えることになると思うぞ。攻撃魔法も効力を失い、結界も消える事になる」

「そうすると一応結界張ってる私の方が有利だよね。結界は消えるけど、防ぎたかった攻撃魔法も消える事になるし」

「そうだな、おまけに彼女が相手ならば魔力のコントロールができるという時点で君の方が有利だ。魔法を覚えている事で最大魔力やコントロール力も上がっているから、結界も消えずに残っているかもしれん。その場合はまた救世主からの攻撃でも受けない限り、結界は数十年持つだろう」

「そう……」

「先ほども言ったがどんな選択をするかは君の自由だ。生きたいように生きるといい。度が過ぎると今の様に私が別の救世主に警告に行くかもしれんがな。まあ、君なら問題ないだろう」


そう言って彼がコーヒーを飲みつくし席を立った瞬間《しゅんかん》、来客を伝える音楽が鳴り響《ひび》いた。

少し早い気もするが、もうイルが来てもおかしくはない時間だ。

いつもの様に入ってきたイルが自分以外の来客の姿に目を見開く。

そうだよね、この店に自分以外のお客さんがいた事無いものね。

神様はと言えば、イルと私の顔を交互《こうご》に見て、ほう、と興味深そうに呟《つぶや》いたところだった。

「私は帰る、まあ何かあれば呼べばいい。今回は話をしに来ただけだしな」

「あ、うん。ありがとう」

じゃあな、と手を振《ふ》りながら神様がイルの横で一度止まってから彼の横をすり抜《ぬ》けて店を出ていく。

なんだか厄介《やっかい》な話を聞いてしまった。

面倒《めんどう》な事にならないといいのだけれど。

ため息を一つ吐《つ》いてから、未《いま》だに入り口で神様の背中を見送っているイルに声をかける。

「いらっしゃいませ、寒いし早く中に入ったら？」

「あ、ああ」

「びっくりしたでしょう、この店にイル以外の人間がいた事って今までなかったし」

厳密には人間じゃないけれど。

「……そうだな、あの男は、その、知り合いなのか？」

「まあ、前にお世話になった人だね」

普段《ふだん》ならばそこで終わる筈《はず》の会話、けれど今日は何故《なぜ》かイルが続きを促《うなが》すようにじっと見つめて来る。

なんて説明しようか悩んで、この世界に来る時に決めた自分の出自の設定を思い出す。

少し話しにくいが、自分の本当の出生と絡めて話してしまえば疑われる事も無いだろう。

「私、戦争で焼けた村出身なんだ。元々両親は早くに亡《な》くしてて祖父母に育ててもらったんだけどその二人も亡くなって。二人が亡くなったのはもう私が働きだしてからだったし、財産を結構残してくれたから暮らしに不便はなかったんだけど、結局戦争で村が無くなって唯一《ゆいいつ》私だけが生き残っちゃったんだよね。さっきの人はその時にこのお店を出す手伝いをしてくれた人なんだ」

ちなみに嘘《うそ》はほとんど言っていない。

両親を早くに亡くしたのも、祖父母に成人まで育ててもらったのも、遺産があったので不便をしなかったのも、元の世界での私の過去の話だ。

店をくれたのもあの神様だし、間違《まちが》った事は言っていない。

「そう、なのか……」

言いにくいだろう事を聞いてしまったと頭を下げられて少し慌《あわ》てる。

正直祖父母が亡くなったのも自立してからだったし、年齢《ねんれい》的にも大往生の部類だったのであまりショックでもなかったのだ。

そう説明してから若干《じゃっかん》気まずくなった空気を変えるように、メニュー表を渡《わた》す。

「気にしないで、今の生活はすごく充実《じゅうじつ》してるから」

メニューを受け取った彼を席の方に向けてうながして、ようやくいつも通りの時間になった気がした。

お城の救世主についてはまだ考えなければならないだろうが、まずは彼といつもの日常を過ごしたい。

今はまだ何も起こっていないのだ。

ぎこちない空気を纏《まと》っていたイルも、食事を出す頃《ころ》にはいつも通りになっていた。

そうして食事を終えしばらく経《た》った頃。

最初の本を読み終わったらしいイルが二冊目の本を取りに行こうとして、何かを思いついたようにこちらへ方向転換《てんかん》してくる。

「少しいいか？」

「どうしたの？　追加で何か食べる？」

「いや、実は今日城に行商の一団が来ていてな。趣味《しゅみ》に合うかはわからんがいつも世話になっているし、もし良ければ貰ってくれないか」

そう言って綺麗《きれい》に包まれた手の平サイズの箱を差し出される。

「えっ、気を遣《つか》ってくれなくてもいいのに……」

「俺が渡したかったんだ、遠慮《えんりょ》せずに貰ってくれると嬉《うれ》しい」

「……じゃあ、ありがとう」

そっと手の平に載《の》せられたのは少し軽めの包み。

綺麗に包装された包みは私の好みで、包装紙も残しておきたいと思えるデザインだった。

「その、女性に贈《おく》り物などした事が無いから気に入らなかったらすまん」

照れたように笑う彼に少しときめきながらも、開けてもいいか尋《たず》ねて包装紙に手をかける。

早く中が見たい、けれどなんだかすごくもったいない気もして慎重《しんちょう》に包み紙を開いていく。

私だって男性から贈り物をもらうのは初めてだ。

私の恋愛遍歴《れんあいへんれき》なんて学生時代にちょっと周りの空気に流されて付き合ったことがあるくらいで、社会人になってからは日々の生活が忙《いそが》しすぎて彼氏なんて作ってなかったし。本を読む時間を削《けず》って恋人《こいびと》と過ごす自分が想像できなくて、優先順位が低かったという事もあるけれど。

いや、プレゼントをもらっただけで恋愛に結びつけてしまうのはどうなのかと自分の脳内につっこみを入れながら、包みを開けて中の箱を開いた。

少し大きめの白い花が付いたシンプルな髪紐《かみひも》が顔を出す。

花は百合《ゆり》に似た花だが見た事がない、この世界の花だろうか。

派手でもなく普段使いにできそうで、私の年齢でつけていてもおかしくないデザイン。

率直《そっちょく》に言って、すごく好みだった。

「わ、可愛《かわい》い。本当に貰っちゃっていいの？」

「ああ、気に入ってくれたなら嬉しいが」

「うん、こういうデザインすごく好き。大切に使うね、ありがとう」

自分でもすごくテンションが上がっているのがわかるが、これは嬉しい。

誰《だれ》かが自分のために選んでくれたものを貰えるってすごく嬉しい事だと思う。

目の前のイルも嬉しそうに笑っているのに気が付いてなんだか妙《みょう》に照れくさい。

さっきまでの神様との話で感じていた冷たさが一気に吹《ふ》き飛んでしまった気がして、そっと髪紐を手で包み込んだ。


次の日の午前中、神様に言われたからという訳では無いがちょっとだけ町の様子を見てみようかと思い立ち、調べておいた移動用の魔《ま》法《ほう》の媒介《ばいかい》である石を取り出す。

移動魔法はこの石が無いと使えないらしく、昨日ペンダントから出した物だ。

このペンダント、何でも出せるには出せるのだが、痒《かゆ》い所全《すべ》てに手が届くわけではないようで。

移動魔法ならば自分の魔力《まりょく》で移動先を設定しなければならないらしく、媒介の石は出せても設定は自分でしなければならない。

暖炉《だんろ》は魔法込みの物が出せたのにこっちは無理、など独自のルールがあるようだ。

今のところ深刻な不便さは感じていないのでまあ良いかと思っている。

町の地図を見ると入り口付近に小さなお店が並んでいる様なので、そこの様子だけちらっと見て帰って来ようと決めて石を握《にぎ》りしめた。

行き先はその町の入り口から少し離《はな》れたあまり目立たない建物の陰《かげ》だ。

午後にはイルも来るだろうし、早めに帰ってこよう。

もし興味を惹《ひ》かれるようなものがあればまた行けばいいだけだ。

せっかくなので昨日イルに貰《もら》った髪紐で髪を束ねて、念のためにお財布《さいふ》も持った。

中のお金もイルがお店で支払《しはら》っていった物なので、なんだか妙な気分だ。

ペンダントから出すほど豪遊《ごうゆう》するつもりは無い上に、激安価格とはいえイルがずっと通い詰《つ》めて来ているので、あまり買い物をする予定もないから金額的には十分。

物は好きに出せるのにお金まで出してしまうのはなんだかこの世界の人に申し訳ない気もするので、よほど追い詰められない限りはこのペンダントからお金を出す事は無いだろう。

石に魔力を籠《こ》めれば少し輝《かがや》き、一瞬《いっしゅん》の浮遊感《ふゆうかん》の後に気が付けば知らない建物の陰にいた。

防寒用のマントも着てきたし雪用のブーツも履《は》いてきたのだが、引きこもりには寒い。

それでも久しぶりに感じる自分とイル以外の人々のざわめき、そして目に入る様々な物に心が弾《はず》む。

商店街というか本当に小さな店が数軒《すうけん》並んでいるだけのようで、全て日用品を売っているようなお店だ。

その中に一軒だけあった手芸のお店らしき所を選んで入ってみる。

「いらっしゃいませ」

そう言われるのは久しぶりだな、なんて思いながらブックカバーに使えそうな布が無いか見繕《みつくろ》う事にして布のコーナーで数枚の布を見比べていく。

レジの所では店員さんと常連さんであろうお客さんが話しているが、私が入って来たせいか気を遣って小声になっている。

ひそひそと話す声に救世主、という単語が聞こえて肩《かた》が跳《は》ねた。

幸い誰にも気が付かれていないようだが、話している二人の様子はあまり良い話をしているようには思えない。

お城の、とかそういう単語も聞こえてくるし、私の事が知られているわけは無いので城にいるもう一人の救世主の事だとはわかるのだが。

なんだか居心地《いごこち》悪く感じてしまって、布を数枚持って会計を済ませて足早に店を出た。

暖房《だんぼう》の魔法が効いた店内から出たせいかさっきよりも風を冷たく感じる。

吐《は》きだした息が白くなるのを見つめていると、その向こうに見覚えのある人物を見つけた。

少し雪をかぶった黒髪《くろかみ》、腰《こし》につけられた剣《けん》、聞こえる低い声は店で聞くものよりも冷たさを含《ふく》んでいる気がする。

イルだ、と気分が上昇《じょうしょう》した。

騎士《きし》団の仕事中なのだろう、制服に雪除《ゆきよ》けのマントを羽織ったイルが部下に何やら指示を出している。

騎士団長としてのイルを見たのは初めてだ。

店にいる時よりもキリッと細められている瞳《ひとみ》を素直《すなお》に格好いいと思った。

今日このタイミングで町に来て良かった、なんて思って笑《え》みが零《こぼ》れる。

こんな事でもなければ仕事中のイルを見ることなどできなかっただろう。

仕事中に声を掛《か》けるわけにはいかないし、気が付いてくれれば軽く手でも振《ふ》るのだけれど。

そんな事を考えながら彼を見つめていると、後ろから声を掛けられたらしいイルが振り返ってしまったので、こちらからは顔が見えなくなってしまった。

あーあ、なんて少し残念に思っていた私は、イルに駆《か》け寄ってきた人物を見て固まってしまった。

……綺麗《きれい》な女性だ。

雪のように白い肌《はだ》と、同じように色素の薄《うす》い髪。

この国の人達は総じて肌が白いようで羨《うらや》ましい。

イルの顔は見えないが二人の会話は続いている。

私はお店でのイルしか知らない。

でも当たり前だがイルにはお店以外での知り合いは多いだろう。

なんだろう、面白《おもしろ》くないような、嫌《いや》な気持ち。

そっと胸元《むなもと》を押さえる。

さっき上昇した気持ちが下がっていってしまう寂《さび》しい感覚。

しかしそれも一瞬で、女性はすぐにイルの傍《そば》から去り、遠くにいた騎士団の制服を着た男性に駆け寄っていってしまった。

男性の横には女性によく似た小さな女の子。

近づいてきた女性に嬉《うれ》しそうに抱《だ》き上げてもらっている。

どこからどう見ても家族にしか見えない。

「は、早とちり……」

何だか恥《は》ずかしくなって熱くなった頰《ほお》をごまかすように押さえた。

女の子が大きな声で話し出した声が聞こえて、その内容からあの女性が自分の夫である騎士団の人に会いに来たついでに団長であるイルに挨拶《あいさつ》をした事が分かる。

うわ、と余計に恥ずかしくなった。

いや、そもそもこの感情はどういう事だ。

確実に、友人を見た時の感情じゃない。

「……待って、ちょっと待ってよ」

小さく情けないくらいに音になり損《そこ》ねた声でそう呟《つぶや》く。

さっきイルが部下であろう男性と話している時には何とも思わなかった。

相手が女性であるというだけで面白くなくて寂しい、これが何という感情かわからないはずもない。

誰《だれ》も見知った人がいないこの世界での唯一《ゆいいつ》の知り合い。

毎日のように一緒《いっしょ》に過ごして、同じ趣味《しゅみ》を持つ相手として楽しく語り合える人。

今まで誰かのために自分の読書の時間を割《さ》いて何かしてあげたいだなんて思った事の無い私が、本を読む時間を魔法の勉強に充《あ》ててまで何か助けになれないかなんて考える相手。

「嘘《うそ》でしょう」

だってずっと、こんな感情とは無縁《むえん》だったのに。

今まで悩《なや》んでいた事を全部吹き飛ばすような新しい大きな悩み。

「…………」

パン、と軽く両頬を打って、息を吐き出す。

落ち着こう、今ここで焦《あせ》って考えたって仕方ない。

一度家に帰って落ち着いて、色々考えてみよう。

まだ答えを出すには早すぎる。

そう結論付けて心が落ち着いた瞬間《しゅんかん》、振り返ったイルの視線が私を捉《とら》えた。

今まで気を張っていたであろう瞳が少し丸くなる。

イルが振り返ったのが心が落ち着いてからで良かった、笑って小さく手を振る。

……ちゃんと笑顔になっているだろうか。

イルが笑い返してくれたのを見届けて、またねと口を動かしてから踵《きびす》を返して後方に延びる道へ歩きだす。

この道の先の建物の陰が私が移動魔法を使って到着《とうちゃく》した位置だ。

そこからお店に帰るつもりだった。

「ツキナ」

「え、イル？」

誤算だったのはイルが追いかけてきた事だろうか。

それでも一度落ち着けた心が乱れなかったのは幸いだった。

さっきの所とは少し離れているのでイルの周りに人影《ひとかげ》は見えないが、遠くに見える騎士団の人達が驚《おどろ》いた表情でこちらを見ているのはわかる。

「仕事中じゃないの？」

「町の見回りの仕事中ではあるのだが交代の時間なんだ。交代の部隊が遅《おく》れていて今慌《あわ》てて引き継《つ》いでいるところでな。俺はもう休憩《きゅうけい》時間だ」

「そっか、お疲《つか》れ様」

「ありがとう、君は買い物か？」

「うん、あんまり町には来ないんだけど今日はたまたま。基本的にあのお店にこもってるから」

「そうなのか、確かにあれだけ蔵書が揃《そろ》っていればあまり出たくはないかもな」

そう納得《なっとく》したイルの目が私の顔の横で止まり、ふわりと笑みを浮《う》かべる。

「つけてくれたのか」

「うん、つけやすくて可愛《かわい》いから気に入ってる。ありがとう」

彼の視線の先、束ねられた髪につけられた髪紐《かみひも》に触《ふ》れて照れくささをごまかす。

私がつけている事に対してこんなに喜んでくれるのならば、今日つけて来て良かった。

「ツキナ、ここへはどうやって来たんだ？　君は馬を持っていないだろう」

「移動魔法《まほう》で来たよ。もう帰るけどね」

媒介《ばいかい》の石を見せれば、一度驚いた後に苦笑《くしょう》して納得された。

さっきまでの雰囲気《ふんいき》とは一転してどこか真面目《まじめ》な空気になっている。

「それならば大丈夫《だいじょうぶ》だとは思うが、なるべく寄り道しないで帰ってくれ」

「まっすぐ帰る予定ではあるけど、何かあるの？」

私の問いに辺りを気にするそぶりを見せたイルだが、少し顔を寄せて小さな声で囁《ささや》くように理由を口にしてくれた。

「周りにはまだ発表していないが普段《ふだん》は出ない場所で魔物《まもの》の目撃《もくげき》情報が上がった。ここは関係の無い場所だが、いつもと違《ちが》う動きであるのは間違いない。用心するに越《こ》した事は無いし、君は攻撃《こうげき》手段を持っていないだろう。森の中を独り歩きするのはしばらく避《さ》けた方が良い」

至近距離《きょり》のイルの顔と声にドギマギしたのは一瞬《いっしゅん》で、告げられた言葉に心臓が撫《な》でられたようにひやりとした。

平穏《へいおん》な暮らしについ忘れそうになるが、ここは前の世界よりもずっと危ない場所なんだ。

「わかった、ありがとう。イルは今日も午後はお店に来られそうなの？」

「ああ、いつもの時間に行く」

「じゃあ待ってるね。仕事頑張《がんば》って。イルも気を付けてね」

「ああ、じゃあまた後で」

休憩とはいえあまり席を外すわけにもいかないであろう彼が来てくれたのを嬉しく思いながら、騎士《きし》団の方へ戻《もど》っていく彼を見送る。

すごい勢いで向こうから走り寄って来た金髪《きんぱつ》の男性がその勢いのままイルに話しかけているのを不思議に思ったが、イルが時計を見せる様に差し出したと同時に彼のその勢いは無くなり真剣《しんけん》な顔になった。

真面目な顔で時計を見ながら話しだした二人。

引き継《つ》ぎが遅れていると言っていたからその話かもしれない、もしくは魔物の話か。

邪魔《じゃま》をしては悪いしと、今度こそ建物の陰《かげ》に入って移動魔法を発動した。

✦ ✢ ✦ 📖 ✦ ✦ ✢

目の前で彼女と話す男は誰だろう。

懐《ふところ》に入れた彼女への贈《おく》り物にそっと触れながら、店内からこちらを見つめてくる男を見返す。

彼女に渡《わた》す贈り物を手に店へと急ぎ、すっかりここの運動場が気に入ったらしい馬を放してからいつもの調子で店の扉《とびら》を開けた先。

いつもの店内で、彼女と二人の空間が広がっていると疑っていなかった。

ドアを開けた先からこちらへ向かってきた二組の視線、彼女ともう一人の男。

カウンターの椅子《いす》から立ち上がった所だったらしい男はちょうど出る所だったらしく、彼女に何かあれば呼べ、と言って入り口があるこちらへと歩いて来る。

同い年くらいだろうか、今まで俺しかいなかったはずの店。

男は彼女と親しいのかツキナの口調もかしこまってはいない。

実は俺が知らない間に、俺が来ない午前中に来ていたりしたのだろうか。

何とも言えない気持ちが心の中に広がる。

俺が彼女と知り合ったのは最近で、彼女にも今まで生きてきた過去がある。

俺の知らない親しい人間もいるのは当然の事だ。

『俺達の年代はすでに他《ほか》に恋人《こいびと》がいる人間が多い』

ベオークの言葉が脳裏《のうり》をよぎる。

モヤモヤとした気持ちを抱《かか》えた俺の横を、店を出ようとした男がすり抜《ぬ》けようとする。

一歩横に寄って道を譲《ゆず》り彼が俺の横をすり抜ける瞬間、彼女には聞こえないくらいの小さな声で男がポツリとつぶやく。

「あの子が欲しいなら口説いてみるといい。彼女がここに執着《しゅうちゃく》してくれる要因が増えるなら大《だい》歓迎《かんげい》だ」

思わず振《ふ》り返ったが、視線の先の男はこちらを振り返りもせず店を出て行ってしまう。

欲しい？

俺が？

彼女を？

混乱した頭の中は彼女に声をかけられた事で、少し冷静になった。

あの男と知り合いなのかが気になってした質問が、予期せず彼女の過去を聞き出す形になってしまった事がなんだか申し訳ない。

孤児《こじ》だとは知らなかった。

住んでいた村の人間はもういないと言うし、あの男とはどこで知り合ったのだろう。

なぜあの男は店を出す手伝いをしたのだろう。

デリケートな問題である以上、彼女に聞く事もできずに結局モヤモヤとしたものが残ってしまった。

本を読み始めてもなんとなく集中できずに、いつもより本を読むペースが落ちる。

気が付いたらストーリーが飛んでいて、もう一度同じ所を読み直したりしながらも読みかけだった本を読み終えた。

気を抜くとすぐにさっきの男の言葉が脳内に浮かぶ。

これは絶対に内容が頭に入っていないパターンだ、確実に後日また借りる事になる。

そう思いながら席を立ち手持ちの本を棚《たな》へと戻す。

次の本を選ぼうか、だが集中できる気がしない。

本棚《ほんだな》の前で悩《なや》んでいた時、ようやく懐の包みの存在を思い出した。

彼女に渡そうと思っていた髪紐、ここに来るまで渡す事ばかり考えていたというのに。

カウンター内の彼女に視線を向ければいつもの様に本を読んでいる。

少し悩んでから包みを手に持ち彼女の方へ向かう。

なぜだろう、渡すだけだというのにソワソワした感覚に襲《おそ》われている。

追加注文かと聞いてくれる彼女に包みを差し出せば、遠慮《えんりょ》がちに受け取ってもらえた。

丁寧《ていねい》に包みが開けられていくのに、討伐《とうばつ》でも感じた事が無いくらいの緊張《きんちょう》が走る。

どうやら趣味《しゅみ》に合ったらしく大切にすると笑ってくれた彼女にひどく安堵《あんど》した。

そこでようやく何時《いつ》もの穏《おだ》やかな空気を全身で感じることができた気がする。

嬉《うれ》しそうに髪紐を両手で包む彼女を見て、あの時自分で選んでよかったと心底思った。

次の日、町での見回り中に部下からあまり喜ばしくない報告を受けていた時だった。

普段は見ない場所での魔物の目撃証言。

これは見回りを強化した方が良いかもしれないなと思い、交代部隊のベオークを待っていたのだが、俺の部隊が休憩《きゅうけい》に入る筈《はず》の時間になってもベオークたちが来ない。

少し遅《おく》れると報告があったのでとりあえず見える範囲《はんい》にいれば良いからと、多少の人員を残して休憩に入り始めた時だった。

挨拶《あいさつ》に来た部下の妻に挨拶を返して振り返ると、少し離《はな》れた所でこちらを見ていたツキナと目が合う。

驚《おどろ》いた俺に笑って小さく手を振ってくれた彼女。

仕事柄《しごとがら》常にあるピリピリとした緊張感がふっと薄《うす》れたような気がして笑い返す。

休憩中で良かった。

またね、と口を動かした彼女が踵《きびす》を返したのを見て、少しは話す時間があるか時計を確認《かくにん》してから近くにいた部下に少し離れると伝えて彼女を追う。

呼びかければ驚いた様子で振り返った彼女の笑顔《えがお》を見て、まるで店にいる時のような穏やかさを感じた。

そんな彼女の髪《かみ》は昨日俺が贈った髪紐《かみひも》で束ねられている。

むず痒《がゆ》さを覚えながら、それを上回るほどの歓喜《かんき》が湧《わ》き上がった。

贈り物を身に着けてもらえるというのはこんなに嬉しいものなのか、気に入っていると言ってくれたその言葉に更《さら》に喜びがこみ上げる。

休憩時間は城へ戻らなくてはならない、戻ればまた救世主の少女が騒動《そうどう》を起こしているかもしれない。

そんな風に考えて胃が痛くなっていたところを不意打ちで救われた気分だ。

休憩中とはいえ交代部隊がまだ来ていない状態で、団長である俺があまり場を離れるのはまずいだろう。

店で待っていると言ってくれた彼女と別れて、さっきまでいた場所に戻ろうと歩き出したところで、凄《すさ》まじい勢いで向こうから走ってくるベオークを見つけた。

部下たちからも視線が飛んでくるのを不思議に思うが、俺の目の前にたどり着いたベオークが肩《かた》で息をしているのを見て声を掛《か》ける。

「そんなに慌《あわ》てなくても……」

「お前っ、おま、今、今っ、話してっ」

荒《あら》い呼吸のまま何かを訴《うった》えて来ようとするベオークの勢いに押されそうになりながらも、さっき聞いた報告を思い出して時計を取り出す。

「ベオーク、報告が一つある」

「ほ、報告?」

時計の隅《すみ》に付いた方位磁石から地図を浮《う》かび上がらせて、一点を指し示す。

「ここで魔物《まもの》が目撃《もくげき》された」

「はっ？」

どこかふざけたような空気を纏《まと》っていたベオークの顔が一瞬《いっしゅん》で真顔になり、指し示した場所を見つめる。

普段《ふだん》ならば絶対に魔物など目撃されない場所だ。

「大型か？」

「いや、小型だ。だが一度調査を出した方が良いかもしれない。俺は城に戻《もど》って王に報告と調査の許可を頂いて来る。休憩後の俺の部下たちへの指示出しも頼《たの》んで良いか？」

「ああわかった。遅れて悪かったな。どうも小さな雪崩《なだれ》が起きていたらしくてその報告を受けていたんだ」

「雪崩？」

「ああ、もしかしたら関係してるかもしれないな。雪崩はここだ」

浮かび上がった地図にベオークが魔力《まりょく》で印をつける。

普段ならば雪崩など起こらない場所だ。

「それも報告しておこう」

「ああ、頼んだ」

後の事を頼んで馬に跨《またが》って城へ向かう。

行きたくないなどと言っている場合ではなくなってしまったようだ。

調査の結果次第《しだい》だが、もしも討伐になれば数日はツキナの店へは行けなくなってしまう。

その事を残念に感じながらも城への道を急いだ。

第七章　変わっていく心

お店に戻り自宅スペースの二階の方でソファに体を埋《うず》めて息を吐《は》き出した。

未《いま》だにモヤモヤとした感情が心の中にあるが悪い気分ではない。

「もうちょっと様子見でも良いかな」

半分逃《に》げが入っているかもしれないが、急いで出した答えにはろくな結果が付いてこない事はわかっている。

イルへの好意が友情なのか、恋愛《れんあい》感情なのか。

もう少ししっかりと答えを出してからどうするのかを決めたい。

他《ほか》の救世主達の様に十代の頃《ころ》だったら私ももっと突《つ》っ走《ぱし》っていたのだろうか。

そんな事を考えて笑う。

そして気になる事はもう一つ。

「魔物、か」

この世界に来て数か月経《た》つが未だに一度も見た事が無いせいもあってあまり実感は無かったが、これがまずい考え方だという事はわかる。

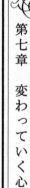

実感が無くとも危険はあるのだ。

イルからの忠告が現実感を伴《ともな》って襲い掛かってくる気がして震《ふる》えが走る。

じっとしていられなくて、部屋の本棚から魔《ま》法《ほう》の辞典を取り出してパラパラと捲《めく》っていく。

何かこう、自動で結界が発動する様な魔法は無いだろうか。

結界呪文《じゅもん》はわかるが私が緊迫《きんぱく》した状況《じょうきょう》で咄嗟《とっさ》に使えるわけなどない。

危険が訪《おとず》れた時に自動で発動する様なものでなければ私には無意味だろう。

この本は教本ではなく辞典なので使い方は載《の》っていないが、魔法の種類は記載《きさい》されている。

その中の防御魔《ぼうぎょま》法《ほう》のページをパラパラと捲っていくが、中々目当てのものは見つからない。

しばらく探して目が疲《つか》れてきた頃、ようやくそれらしいものを一つ見つけた。

「結界玉の魔法？」

これも高度魔法、それに飲み物の回復魔法などとは比べ物にならないほどの超《ちょう》上級魔法だ。

膨大《ぼうだい》な魔力とそれをコントロールする力が必要で、世界中に一桁《ひとけた》程度の人数しか使える人間がいない魔法。

「ええと、持ち主の周りに結界を張り、致命傷《ちめいしょう》になりそうな傷を癒《いや》す効果がある。癒す力と結界の強さは作った人間の魔力次第、か」

これなら良いのではないだろうか。

だが何かが引っかかってもう一度説明文を読み直す。

「……ん、致命傷？」

自動で結界が張れるのに傷があるってどういう事だろうかと疑問が浮かぶ。

別の本を持って来て詳《くわ》しく載っている個所《かしょ》を探してみる。

「結界玉の魔法の発動条件は、持ち主がひん死の傷を負っている事っ？」

つまり結界玉と呼ばれる結界呪文を込めた玉、それを持っている人間がひん死になるほどの重傷を負い、その状態でもう一撃《いちげき》を食《く》らいそうになった時に発動するという事らしい。

健康な状態で持っている時に攻撃《こうげき》されても結界は発動しない、つまり一撃食らって生きている事が条件だというのだ。

「ええっ、意味ない。でも他に無いし……最終手段として作っておこうかな」

攻撃呪文《こうげきじゅもん》は多いのになぜこんなにも結界系の呪文は少ないのだろう。

戦いに慣れている人ならば咄嗟に自分で張れるからという事なのだろうか。

とりあえず無いよりはマシだしと、教本を出してきて試《ため》してみることにする。

「まずは媒介《ばいかい》となる石、固ければ固いほど強い結界を込めやすいが、使い手のコントロール力次第ではガラス玉でも強い結界を込める事は可能である、ね」

目の前にあった店のインテリアに使おうと思っていたガラス玉を一つ取って、とりあえずは練習だしこれで良いかと決めた。

もしもコントロール力が悪ければ割れてしまうらしいので、その時はもっと固い石にでも変えよう。

「結界呪文は何でもいいんだ。なら一番強いやつ、どうせなら回復効果も強い魔法が良いな」

色々と必要な物を決めて準備をして、教本の指示通りに魔法を使ってみる。

手の平に載《の》せたガラス玉の周りに魔法陣《まほうじん》がふわりと浮かび上がり、そこから発生した風が髪《かみ》を揺《ゆ》らした。

魔法陣はどんどんその大きさを小さくして、最後にガラス玉の中に吸い込まれる様にして消える。

ガラス玉を覗《のぞ》いてみれば、魔法陣は中に入り込んでいる様だった。

「え、結構強い結界魔法を込めたつもりなんだけど、ガラス玉でうまくいったっぽい？」

神様が言っていたコントロール力が上がっているというのは嘘《うそ》では無さそうだ。

成功しているかどうかのチェックも教本通りの反応が現れたので間違《まちが》いなくこれで使える。

「ただこれは……最終手段だなあ」

なんせ怪我《けが》を負っている事が前提の魔法だ。

怪我すらしたくない私にとっては、本当に最後の命を守るための手段。

それでも無いよりは断然良いかと胸ポケットに入れて時計を見れば、そろそろイルが来る時間だった。

慌てて、飾《かざ》る予定だった残りのガラス玉の入った箱を持って階段を下りる。

帰る前にわざわざ忠告してくれていたのに私がいなかったら余計な心配をかけてしまう。

まだイルは来ていなかったので入り口付近にある飾り棚《だな》にガラス玉を飾っていると、来店の音楽が鳴り響《ひび》いた。

顔を上げれば入って来たイルと目が合って、お互《たが》いに笑いあう。

「いらっしゃいませ」

「ああ、今日もよろしく頼む」

イルの笑顔《えがお》はいつも通りなのに、なんだか今日はドキドキしてしまう。

今までは流石《さすが》イケメン、で流せていた彼の些細《ささい》な仕草が妙《みょう》に視界に入って来て意識している事を自覚する。

椅子《いす》に座った彼にメニューを手渡《てわた》した時に少し触《ふ》れた手を意識しているのを悟《さと》られないように、顔の筋肉に必死に力を入れて笑顔を作っていた時だった。

ビーッ、ビーッ、と今まで聞いた事の無い大きな音が店内の音楽をかき消して響き渡《わた》る。

災害時にスマホから響く警報のような印象を受ける、妙な緊迫感《きんぱくかん》を与《あた》えてくる嫌《いや》な音だ。

穏《おだ》やかに微笑《ほほえ》んでいたイルの表情が一瞬でこわばり、緩《ゆる》められていた瞳《ひとみ》が少し剣呑《けんのん》な雰囲気《ふんいき》に変わる。

ポケットに手を突っ込んだ彼が小さな器械のようなものを取り出した。

音はそこから鳴っているようでイルが少し魔力を込めると音はおさまるが、イルのこわばった表情は変わらない。

「イル？」

「……すまない、今日はもう戻《もど》らなくては」

「何かあったの？」

「国境の近くに強力な大型の魔物《まもの》が出たらしい。さっきの音は緊急討伐《きんきゅうとうばつ》の連絡《れんらく》だ」

「え？」

平和で無い覚悟《かくご》をさっきまで散々していたというのに、それを本気で自覚したのは今だった。

イルの雰囲気が否応《いやおう》無しに平和で無い事を示してくる。

気の合う本仲間、気になる異性。

この世界で一番近い位置にいるこの人は騎士《きし》団長で、危険な任務と隣《とな》り合わせの人だ。

この人の腕《うで》が良いからこの国は平和なんだと知っていたはずだった。

一瞬《いっしゅん》で怖《こわ》くなる。

非日常の恐怖《きょうふ》ではなく、死というものが間近にあるという実感の恐怖でもない。

この人が任務中に命を落とせば、もう二度と会えなくなることに気が付いてしまった。

もう会えなくなるかもしれない、こんな穏やかな時を一緒《いっしょ》に過ごせる彼と。

店を出ようとするイルに慌《あわ》てて声をかけながら駆《か》け寄る。

「ちょ、ちょっと待って」

一度足を止めて振《ふ》り返ってくれたイルに少し待ってもらい、さっき置いたばかりの箱からガラス玉を引っ摑《つか》む。

「急ごしらえだからガラス玉で悪いけど」

そう言いながら魔力《まりょく》を込めて、結界呪文をガラス玉の中に詰《つ》めていく。

さっき覚えたばかりの魔法がもう役に立つとは思わなかった。

持ち主が死ぬような怪我を負った時、直前で結界を張ってくれる上に致命傷になる傷をある程度回復してくれる魔法。

怪我をすることにすら怯《おび》える私よりも、怪我をしてでも魔物を倒《たお》さなければならない彼の方が必要な魔法だろう。

驚《おどろ》いた顔をしたイルの手に完成した結界玉を押し付ける。

「私もこの魔法は覚えたばっかりだけど、効果は市販《しはん》のものと変わらないとは思う」

「……ああ、ありがとう。討伐には二、三日かかるとは思うが終わったらまた来る」

そう言ったイルが結界玉ごと私の手を握《にぎ》りこむ。

彼の手の中にすっぽりと収まった自分の手が熱い。

まっすぐに自分を見つめて来る瞳から目が離《はな》せない。

けれど私の開いた口から言葉が出る前に手は離れ、結界玉を持ったイルは店を後にしてしまう。

馬に乗った見慣れた背中が店から遠ざかっていくのを見て、慌てて口を開いた。
「待ってるから！　気を付けて！」
声は届いたらしく、手を振る事で応《こた》えてくれたイルの背を見送って店へと戻る。
後ろ手に扉《とびら》を閉めてズルズルと滑《すべ》るようにその場に座り込んだ。
手に残る彼の体温がまだ熱い。
剣《けん》を握るからだろうか、硬《かた》い大きな手だった。
私はどうも男の人の手に弱い。
自分と大きさが違《ちが》うせいかすごくドキドキする。
そんなドキドキした気持ちを覆《おお》い隠《かく》すように込み上げる不安。
無事に戻って来るはず、彼は他国からも一目置かれている様な強い人だ。
不安を振り払《はら》いたくて頭を左右に振る。
「イルが来た時のために読みたいって言ってた新刊でも入れようかな」
わざと口に出してそう言ってみる。
彼の言う通り二、三日したらきっといつも通り来店してくれるだろう。
そう言えば以前魔物の討伐の時には馬も一緒に行くと言っていた。
「あの子のために運動場の草の種類も増やそう」
漠然《ばくぜん》とした不安を打ち消すようにすべて言葉に出してから立ち上がる。

大丈夫《だいじょうぶ》、大丈夫。

私には初めての事でも、彼には何度も経験したであろう魔物の討伐だ。

きっと数日後にはこの心配も笑い飛ばせるだろう。

そう、思っていた。


新刊も入れた、新しい馬の餌《えさ》も準備が終わった。

きっとこれからも必要になるだろうと思い、練習も兼《か》ねて結界玉も量産してみた。

店はいつも通り、けれど彼のお気に入りの席はまだ空いたまま。

……あれから一週間、彼はまだ来ない。


いつも通りの時間を彼女と過ごすはずだった。

開けた扉の向こうに昨日見た男がいなかった事にホッとする己《おのれ》に疑問が浮《う》かびはしたが、腰《こし》掛《か》けた椅子の座り心地《ごこち》の良さも、迎《むか》えてくれた彼女の笑顔もいつも通りだった。

少し違う事といえば午前中にも彼女と会った事、それと彼女の言動に少し違《い》和《わ》感《かん》を覚える事だろうか。

嫌な違和感では無いので不思議な気分だが、何かあったのか聞いてみた方が良いのだろうかと思った時だった。

緊急討伐を知らせる連絡音が店の音楽をかき消すように鳴り響いた。

不安そうな彼女に魔物が出た事を伝え、急いで店を出る準備をする。

緊急連絡《きんきゅうれんらく》が来るほどの魔物討伐など、ここ最近無かったというのに。

せっかく彼女との時間が始まるはずだったのにと、タイミングの悪さに怒《いか》りが湧《わ》いて来る。

店を出る直前に慌てた彼女に呼び止められ、急ごしらえで悪いけれどと目の前でガラス玉に結界呪文《じゅもん》が込められていく。

上級結界呪文がガラス玉に入る光景を見る日が来るとは思わなかった。

低級の結界呪文を水晶《すいしょう》に入れる事すら困難だというのに、彼女の魔法《まほう》のセンスには脱帽《だつぼう》させられる。

そっと差し出されたそれはかなりハイレベルなものだった。

市場に出回ることはまず無いし、専門の魔術師《まじゅつし》から買おうと思っても高額故《ゆえ》に手が出ない。

それこそ大国の王族が身を守る最後の手段として持っているかもしれないレベルの物。

それを当然の様に差し出され、押し付けるように手に握らされる。

思わず彼女の手ごと握りこめば、驚いた顔はされたが拒否《きょひ》はされなかった。

離したくない、強くそう感じた心のまま彼女の手を握りしめてじっと顔を見つめる。

二、三日中には討伐が終わるはずだ。
またこの落ち着いた空間に通うためにも必ず討伐は成功させる。
そう決意を新たにして結界玉を受け取り、馬の背に跨《また》がる。
彼女の視線と言葉を背に店を後にした。
城へ向かう道すがら、馬も空気を読んだのかピリピリとした空気を纏《まと》っている。
手綱《たづな》を握る手にも力が籠《こも》る。
まだ彼女の手の感覚が手の平に残っている気がして、また彼女の事を思い出した。
自分の手の中にすっぽり収まるほどの小さな手だった。
そういえば彼女にしっかりと触《ふ》れたのは初めてだった気がする。
あの手にもう一度触れてみたい、触れても良い立場になりたい。
最近色々と感じていたことへの答えは、もうとっくに出ていたようだ。
「ああ、そうか」
呟《つぶや》いた声は馬の走る勢いで風に流されて消えていく。
自覚してみれば今までのモヤモヤした気持ちにもすべて答えが出る。
そうか、そうなのか。
答えが出てしまえばあまりにも単純な事だ、馬の背を撫《な》でて笑う。
「早く討伐を終わらせて店へ行こう、彼女に会いに」

返事の様な馬の嘶《いなな》きも今の気持ちを肯定《こうてい》されているように感じる。

初めは読書と馬のために通った。

通っている内に居心地《いごこち》が良くなった。

彼女と友人になって、話す事が楽しくなった。

本を読んで彼女と会話できる事が嬉《うれ》しかった。

今は……彼女に会いたくてあの店へ通っている。

胸ポケットに入れた結界玉を服の上から握りしめ、城への道を急ぐ。

途中《とちゅう》の道で同じ様に馬に乗ったベオークと合流し、討伐のためのテントを張る場所を教えてもらいそちらへと進路を変える。

「目撃《もくげき》された魔物《まもの》と雪崩《なだれ》は関係していたようだな」

「ああ、今回は大型の魔物が小型と中型を率いているらしい。小型を偵察《ていさつ》に出して辺りを窺《うかが》わせていたあたり、一筋縄《ひとすじなわ》ではいかなそうだぜ」

「雪崩は偵察の時に小型が踏《ふ》んだせいで起きたのか」

「おそらくな」

馬の駆《か》ける音に合わせて情報を交換《こうかん》しながら目的地を目指す。

もう他《ほか》の団員達も集合している頃《ころ》だろう。

「おいイル、昨日聞こうと思ってたんだがこんな事になっちまったからな。討伐《とうばつ》が終わったら聞かせてくれ」

「なんだ？　別に今でも答えるぞ」

「いや、ゆっくり話を聞きたいからな。後で良い。お前がプレゼントを贈《おく》った相手についてだ」

「は？」

思ってもみなかった問いにベオークの顔を見れば、討伐前の緊張《きんちょう》を含《ふく》みながらもにやりと笑っている。

「気づいてないのは本人ばかりってな。お前が城での買い物で女性向けの装飾《そうしょく》品を買った日、お前が出て行ったあとは大騒《おおさわ》ぎだったんだぜ」

楽しげに続けるベオークの声は、討伐の緊張を弾《はじ》き飛ばす意味もあるのだろう。

いつもよりもあえて楽しそうに声を出しているようにも聞こえる。

勿論《もちろん》本当に楽しいとも思っているのだろうが。

「大変だったんだぜ。王妃《おうひ》様と王女は手を取り合ってきゃあきゃあ騒《さわ》ぎ出すし、王様はこれでイルに見合い話を持ってくる必要は無くなったなと大喜びだった。騎士《きし》団の連中もお前の贈り物の相手に興味津々《きょうみしんしん》だったぜ。今まで浮いた噂《うわさ》一つなく、見合いは会う前に断り続ける読書一筋だった騎士団長のお相手は誰《だれ》だ、ってな。王女は俺に何としてでも相手を突《つ》き止めて来いって言うし、王達も便乗して来るし。あの場にいた全員の頭の中から救世主の存在が飛んでいくくらいには騒ぎになっていたんだぞ」

そんな事になっているとは全く気が付いていなかった事もあり、じっとベオークの方を見つめる。

にやにやと笑う顔は本当に楽しそうだ。

「そしたらお前、今日の午前の休憩時間《きゅうけい》だ。真面目《まじめ》なお前が休憩時間とはいえ、その場を離《はな》れたと思ったら女性に話しかけて笑顔《えがお》で会話、その女性はお前が買った装飾品を身に着けているとあれば視線も集中するってものさ。俺も遠くで見かけて急いで走って行ったのに魔物の目撃証言のせいで話題にもできず、気が付けばあまり顔も見ていない内に女性はいなくなってるし、お前は報告で城に戻《もど》っちまうし」

それで妙《みょう》に視線が集まっていたのかと納得《なっとく》した。

確かに今までの自分だったらいくら休憩時間で知り合いだったとはいえ、見回り中に態々《わざわざ》寄っていってまで会話をしたりはしないだろう。

「そういうわけだ、この討伐任務が終わったらしっかり聞かせてもらうからな」

遠くに張られたテントが見えてきたせいか、そこでその話題は終わった。

聞かせてもらうも何も、俺と彼女は恋人同士《こいびと》ではない。

俺はまだ何も動いていないし、彼女の気持ちもまだわかってはいない。

そう、まだ、だ。

この任務が終わったら彼女に会いに行こう。

すべてはそれからだ。

緊急《きんきゅう》で設置されたテントは一日かけて何とか数を揃《そろ》える事ができ、団員達も魔物を町へ近づけてなるものかと気合いが入っている。

こちらへ向かって群れが迫《せま》ってきているという報告も入って来たし、魔法が使える者たちのおかげで魔物の現在地は空中に浮《う》いた地図の上にしっかりと記されていた。

武器も揃っているし、用意自体は問題が無い。

それぞれに指示を出しながら来《きた》るべき時に備えて気合いを入れなおす。

団員達が意図的に視線を向けようとしないテントには、己《おのれ》も視線を向けない様にしている。

テントから甘えるような声で怖《こわ》い、などと言うセリフが聞こえて来て、ベオークと二人揃って顔を引きつらせた。

「なんで来たんだよ……」

小さく呟かれたベオークの声に賛同するように周囲の団員達が深く頷《うなず》く。

緊急の任務だというのに、救世主の少女がここに来ている。

王子達は幼少時から騎士団、つまり俺達が剣《けん》を教えていた事もあり討伐に参加する事もあるのだが、まさか第二王子が救世主を連れて来るとは誰も思っていなかった。

今回はいつもの定期的な魔物討伐《とうばつ》とはわけが違《ちが》う、そう説得しても王子や救世主の少女が引いてくれる事は無かった。

王子の活躍《かつやく》する所を見たいと言う救世主と、その言葉にとろけるような笑みを返す王子。

せめてテントからは出ないように伝えたが、どこまで守ってくれるか怪《あや》しいものだ。

とはいえ説得する時間も城へ強制的に連れて行く時間ももうない。

同行してきた兄である第一王子が申し訳なさそうに、悔《くや》しそうに俯《うつむ》いて謝罪の言葉を口にしたのが印象に残っている。

そんな不愉快《ふゆかい》さを含む空気も魔物が来るという見張りの声が上がれば即座《そくざ》に霧散《むさん》した。

それぞれが己の武器を構え、テントから離れて持ち場へと走り、じっと魔物が来るであろう方向を見つめる。

腰《こし》の剣を引き抜《ぬ》いて一つ息を吐《は》き出した。

強大な魔物だ、けれどこのクラスの魔物と戦うのは初めてではない。

負けはしないとしっかりと剣を握《にぎ》り口を開いた。

「作戦通りだ、行け！」

その言葉と同時に先発隊の魔法《まほう》が放たれ、飛び込んで来た先頭の魔物にぶち当たる。

「開戦だ、ってな！」

隣《となり》にいたベオークがそう叫《さけ》び、共に地を蹴《け》った。

群れが雪崩《なだ》れ込んで来れば後は乱戦だ。

ひたすらに目の前に来た魔物を斬《き》り捨て、飛んでくる攻撃《こうげき》をかわして先へと進んでいく。

こういう討伐の時の作戦は大体決まっている。

団員が周りの魔物を蹴散《けち》らし、俺かベオークがボスを仕留める。

それがいつものやり方で、今回もそうする予定だった。

第二王子が前線に飛び出してくるまでは。

気が付いた時には遅《おそ》かった。

ボスであろう大型の魔物の巨大《きょだい》な前足に弾き飛ばされた王子と、その先で震《ふる》えて動く事もできない救世主。

本来ならば奥のテントにいるはずの二人、なぜここにいるのかなど誰に聞かずともわかりきった事だった。

団員達の憎《にく》しみの籠《こも》った視線が一瞬《いっしゅん》救世主の少女へと向けられる。

正直見捨ててしまえば、という空気もあった。

見捨てられなかったのは王子がいたからだ。

王子が幼い頃から剣を教えてきたのは俺たち騎士団で。

救世主が来る前の努力家だった王子の事を幼少からずっと見守って来た。

身分差など気にせず団員にアドバイスを求め、あまり主張はしないタイプだが真面目で家族思いだった王子。

命令があったわけではない、けれど騎士団全員が王子を庇《かば》い前線へと走った。

そこからはあっという間だった気がする。

初めに飛び掛《か》かった騎士団数名が弾き飛ばされ、一気に意識を持っていかれ。

多少こちらが押していた形勢は一気に逆転してしまった。

「イル、ボス優先で倒《たお》せ！　大型がいなくなれば統制は無くなる！」

「わかっている！　小型と中型を引き離せ！」

「はい！」

多少回復魔法が使えるベオークが本当に危ないメンバーを少しずつ回復しつつ魔物《まもの》を王子から引き離し。

団員達が小型と中型の魔物の気を引いている内に、ボスである大型の魔物を俺の方に誘導《ゆうどう》していた時だった。

震えているだけだった救世主の少女が悲鳴を上げて逃《に》げ出した。

せっかくこちらへと向いていた魔物の意識が大声を出したことで彼女の方へと向く。

あっという間に救世主の少女との距離《きょり》を詰《つ》めた魔物が手を振《ふ》りかぶった瞬間《しゅんかん》、王子が間に割り込み血しぶきが舞《ま》った。

倒れていく王子とその血すら嫌《いや》がるように逃《のが》れようと体を引きずりながら後退する少女。

呆然《ぼうぜん》とした兄王子の口から小さくどうして、と声が漏《も》れた。

とどめになるであろう一撃《いちげき》を王子に向けて放とうとする魔物の動きが、妙にスローモーションに見える。

気が付いた時には、王子を抱《かか》えていた。

背中が、顔が、手足が熱い、腹から何かが溢《あふ》れだしていく感覚が気持ち悪い。

驚《おどろ》いたような目でこちらを見る王子の瞳《ひとみ》が、救世主が来る前の王子に戻っているような気がして口角が上がった。

「まったく、幼い頃《ころ》よりも世話がかかるようになりましたね」

「どう、して……」

王子の声に応《こた》えようとしたと同時に喉《のど》の奥から何かがせりあがってきて、咳《せき》をしたと同時に口の中に血の味が広がる。

「イルーッ！」

ベオークの今まで聞いた事のないくらいの大声が聞こえて、後ろからの風でボスからの攻撃が来る事を察した。

腕《うで》の中の王子を攻撃範囲《こうげきはんい》からはじき出すように突《つ》き飛ばして、ふらつく体を剣で支える。

今のが最後の力という奴《やつ》だったのだろうか。

体が動かない、ぼたぼたと血が落ちる音、視界がチカチカと点滅《てんめつ》してだんだん暗くなっていく。

地面が揺《ゆ》れていて気持ちが悪い。

終わりなのか、ここで俺は終わるのか。

やっと、やっと……気が付いたのに。

白くなっていく視界の中で最近毎日のように見ていた笑顔《えがお》が浮かぶ。

待っていると言っていた、気を付けてと言ってくれたのに。

胸元《むなもと》が酷《ひど》く熱い、まだ死ねない、死ぬわけにはいかない。

「ツ、キナ……」

零《こぼ》れ落ちた言葉と同時に、視界が真っ白に染まった。

第八章　恋のお遊び

ここ最近、一日に何回もドアを開けて店の前の道を確認《かくにん》する癖《くせ》ができてしまった。

討伐《とうばつ》に向かったイルが一週間経《た》っても来店しない。

大好きな読書の時間も内容が全く頭に入ってこないし、一人の時間が好きなのは相変わらずなのに店にイルがいない事が物足りない。

こんな気持ちは初めてだ。

最悪の状況《じょうきょう》が頭に浮《う》かぶのを振り払《はら》いながら根拠《こんきょ》のない大丈夫《だいじょうぶ》を頭の中で繰《く》り返している。

結界玉があるから大丈夫、でも私が作った物だし何かがあったとしても発動しなかったかもしれない。

イルは強いから大丈夫、でも緊急《きんきゅう》で討伐の依頼《いらい》が来るくらいの魔物だし相手も強いのかもしれない。

大丈夫、の後にずっと不安がついて回る。

無意味にガチャガチャとドアを開け続ける日々。

以前だってほぼ毎日来ていただけで、来ない日ももちろんあったのに。

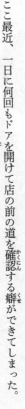

最後に別れた時の状況が状況なので不安で仕方がない。

情報収集方法がない引きこもり生活がこんなに辛《つら》く感じる日が来るとは思わなかった。

町の方に行ってみようか、何かわかるかもしれない。

そんな事を考えている内に、ついに十日が経ってしまった。

今日は町に行って騎士《きし》団の討伐について調べてみようと決め、イルが来る可能性もあるので店も開けておく。

開けたついでに周囲を見回すが人影《ひとかげ》は見えない。

「イル……」

彼と知り合ってからはそれこそ毎日の様に会っていたので、ここまで長い時間彼の顔が見られない事がこれほど寂《さび》しいとは思わなかった。

もしも町で情報が得られなかったらお城で聞いてみても大丈夫なのだろうか。

部外者である私に教えてくれるかどうかはわからないが、彼の安否くらいはわかるかもしれない。

一度くらいイルの所に遊びに行っておけば良かった。

行きたいと言っても断られるような仲では無かったと思うし、彼の知り合いと顔見知りにでもなっておけば色々と情報が入ったかもしれないのに。

一つため息を吐《つ》いて、カウンター内に置いた箱の中からガラス玉を取り出して結界呪文《じゅもん》を込める。

いつの間にか上達したようで、玉の中の魔法陣《まほうじん》は以前よりもずっと強い光を発していた。

でき上がった玉を隣《となり》の箱に放《ほう》り込み、今から町に行こうと決めてカウンターの中から出る。

その直後、来客を告げるチャイムが頭の中に鳴り響《ひび》いた。

イルが来るのはいつも午後、こんなに早くは来ない。

それでも待ち焦《こ》がれていた音に急いで入り口を振り返る。

いつものようにドアを鳴らして、見慣れた人物が店へと足を踏《ふ》み入れて来たのを視界に収めたと同時に視界がぼやけた。

「その、しばらく来られなくてすまなかった」

初めて出会った時の様に、そしていつもと同じ様に、雪除《ゆきよ》けのマントを外しながら店内に足を踏み入れたイルの顔を見て、驚いたと同時に体の力が抜《ぬ》けてその場に座りこむ。

マントの下から出てきた彼の体は包帯だらけだった。

顔には大きなガーゼが貼《は》りつけられているし、服から覗《のぞ》く首や手も包帯で覆《おお》われている。

私が座りこんだことに驚いたらしい彼がこちらへ歩いてきたが、足も軽く引きずっているようだ。

「大丈夫か？」

「……それはこっちのセリフだって。怪我《けが》はすごいみたいだけど、とりあえず無事でよかった」

「ああ、連絡《れんらく》を入れられなくてすまなかった」

息を吐き出してから立ち上がって、カウンター席に行くと言うイルを先導して椅子《いす》を引く。

礼を言ってから座る彼の動きはどう見てもぎこちない。

「怪我、大丈夫なの？」

「ああ、動けるくらいには回復したんだ。早くここに来たくて医者を急《せ》かして外出許可をもぎ取ってしまった」

そう言って苦笑《くしょう》したイルはやはり少し辛そうだ。

「無事なのがわかってすごく嬉《うれ》しいし安心したけど、本当に動いて大丈夫なの？」

「ああ、多少痛む個所《かしょ》はあるが動かすことに問題はない。ここへも馬で来たしな」

窓の外にある運動場を見ると、新しい種類の餌《えさ》を入れた餌箱《えさばこ》にご機嫌《きげん》に顔を突っ込むイルの馬が見える。

あの子も無事のようでホッとした。

「新しい餌を入れてくれたんだな、ありがとう」

「喜んでもらえるなら良かった。イルもあの子も無事で安心したよ」

カウンター内のイルの前に移動して、改めて彼の姿を正面から見る。

腕やら足やら包帯だらけだ。

動き難《にく》そうだし、服で見えない所も怪我だらけなんだろう。

「痛そう。普通《ふつう》にご飯は食べられるの？」

「もうほとんど平気だ。ただ硬《かた》いものは医者から止められている。パンとシチューをお願いできるか？」

「かしこまりました。ちょっと待ってね」

シチューを煮込《にこ》みながら、柔《やわ》らかめのパンを出してくる。

いつもよりも少し長く煮込んだほうが良さそうだ。

話すのに痛みはないようだが、やはりまだ全然本調子ではないのだろう。

無理をしてここに来てくれたのだろうか、嬉しいけれど心配な複雑な気分だ。

「イルが読みたいって言ってた新刊手に入ったから入れておいたよ。でもその手じゃ読むのは厳しそう？」

両手が包帯で指先までグルグル巻きになっている。

動かす事は可能なようだが本を捲《めく》るのはむずかしそうだ。

「そこまで生活に不便はないんだが本は読み難いな。気を抜くと力も抜けて本が閉じてしまう」

「ああ、読むのに一番嫌《いや》なやつだね」

「ある程度は回復魔法《まほう》もかけてもらったんだ。ただここまでの大怪我《おおけが》だと一日一か所が限界らしい。今回は俺以外の騎士団の怪我人も多くてな。他《ほか》にもまだ怪我の重いメンバーが数人いる。城で回復魔法を使える人間は限られているから、俺はここまで回復したし昨日から他のメンバーの方に回ってもらったんだ。人員の都合で回復魔法に頼《たよ》れるのは昨日までで、今日からは自然治癒《ちゆ》だな」

「そんなに大変な討伐だったの？」

「そうだな、魔物《まもの》自体は今まで戦った事のある相手だったんだが。今回は別の要因もあって壊《かい》滅《めつ》寸前になった。ああ、そう言えば礼が遅くなってすまない。君がくれた結界玉、砕けて無くなってしまったが、あれのおかげで今生きていられる。ありがとう」

そう言って苦笑するイルだが、私は体の芯《しん》まで一気に冷えたような感覚を味わった。

壊滅寸前、団長であるこの人が此処《ここ》まで大怪我を負っている事を考えると、それも当然なのかもしれない。

いや、大怪我どころの話ではない。

結界玉が発動したという事は、彼がその段階でひん死になるほどの怪我を負っていたという事だ。

もしもあの日、私があの魔法を見つけて試《ため》していなかったら。

もしもイルに渡《わた》そうと思わなかったら。

もしも討伐《とうばつ》の連絡が来たのがイルがお店に来る前だったら。

包帯の巻かれた手を見る彼の顔をじっと見つめる。

何か一つ違《ちが》っていたら、彼がこうして私の前に座っている光景は二度と見られなかったんだ。

背筋に寒気が走ったのと同時に、なんだか泣きたくなってくる。

この人は本当に死に近い場所にいるんだ。

そっと手を伸《の》ばして包帯だらけの左手を取る。

「ツキナ？」

「騎士団の団長に言うべきじゃないのはわかっているんだけど、あんまり無茶《むちゃ》しないでね。二、三日どころか十日経《た》ってもイルが来ないからずっと心配してたんだ」

そう言いながら、イルの左手に回復魔法をかける。

一日一回の回復魔法は今日はかけていないと言っていたので大丈夫《だいじょうぶ》だろう。

勉強していて本当に良かった。

「本好きとしては手を使えないもどかしさはわかるからね。これで片手は大丈夫だと思うけど。外からかける魔法と内側から摂取《せっしゅ》する魔法は別でしょう。いつも通り飲み物にも回復魔法はかけておくから」

魔法が終わって手を離《はな》そうとした瞬間《しゅんかん》、たった今治ったばかりの手でガシリと手を握《にぎ》られる。

あの日と同じ様に彼の手の中にすっぽりと入ってしまった自分の手。

イルに会うまでの不安が無くなったせいか、前よりもずっと意識してしまう。

「イル？」

「心配してくれたのか？」

こちらをじっと見つめて来るイルに、心臓が悲鳴を上げそうになるのを必死に堪《こら》える。

だって好みなんだこの人、顔も性格も全部。

包まれている手が熱いのをごまかすように声を絞《しぼ》り出す。

「それはそうでしょう。今までほぼ毎日来てくれていたのに。あなたが店にいないのが落ち着かなくて、毎日店のドアを開けて外を確認《かくにん》してたよ」

いつも彼が座る椅子は数日空っぽのまま。

せめて彼が生きているという情報が欲しいのに、明確な情報を得る方法が無い。

でもお店には私一人で、留守を任せられる人なんていないから、もしも私が町へ行っている間に彼が来たらすれ違いになってしまうかもしれない。

うだうだとしている内に日数が経過し、ようやく今日行動しようとしていたところだったのに。

「イルの家に遊びに行っておけばよかったって思ったよ。あなたの事が聞きたくても聞けるような人がいなかったから」

苦笑しながらそう言っている間もイルのまっすぐな視線は私から外れない。

彼の表情が真剣《しんけん》すぎて目が離《はな》せない。

「どう、かした？」

「ツキナ、俺は……」

イルが口を開こうとした瞬間、横でシチューの鍋《なべ》が沸騰《ふっとう》しジュージューと音を立てて中身があふれだす。

「うわ！　大変！」

慌《あわ》てて駆《か》け寄り火を弱める。

イルも驚《おどろ》いたのか手はするりと抜けた。

「ごめん、何だった？」

「いや、何でもない。大丈夫だ。魔法もありがとう、これでストレスなく本が読める」

イルはそう言って笑ったが、彼が何か言おうとして誤魔化《ごまか》したのは確かだろう。

どうして私はシチューの火を弱めておかなかったんだろう。

せめて鍋の蓋《ふた》を開けておけばよかった。

そんな後悔《こうかい》をしながら、さっき治した手以外にも巻かれている包帯に視線を移す。

「一日一か所かけられるなら私がかけてあげようか？」

「ツキナが良いなら頼《たの》みたいが」

「私なら大丈夫だよ。魔力《まりょく》は高い方だし、魔法の勉強は好きだから覚えられそうなものはほとんど修得してるから」

「……本当に、君が救世主なら良かったのに」

苦い顔でそう言ったイルの言葉にヒュッと息を呑《の》んだ。

彼の口から救世主という言葉が出たのは初めてだ。

彼の疲《つか》れた顔、そして今回の怪我《けが》。

まさか、と頭の中をよぎった予感はきっと当たっている気がする。

「お城にいる救世主様の事？」

「知っているのか？」

「その、評判を少し聞いた事があるだけ」

「そうか、今回の討伐だって彼女さえ居なければ……」

そう言って押し黙《だま》るイルの顔は苦々しげに引きつっている。

やはり今回のイルの怪我にはお城の救世主が関《かか》わっているのだろう。

少なくともイルがお城にいる救世主という存在をよく思っていない事はわかる。

ごめん、と心の中でだけ謝罪する。

私だって根本的な所は彼女と同じだ、どんな理由があろうとも、この世界の人が求める救世主としての働きを拒否《きょひ》しているのだから。

違うのは救世主という立場を利用して人に迷惑《めいわく》をかけていないという点だろうか。

店に引き籠《こも》っている事もあり他人との関わりはイルとしかないので、迷惑のかけようが無いとも言うが。

それでもどこか申し訳ないと思う気持ちと、絶対に救世主だと気づかれたくない気持ちが入り混じる。

この世界に来た時には自分がこんな思いを抱《かか》えることになるとは思わなかった。

こうしてイルと仲良くならなければ、生まれる事の無かった想《おも》い。

この葛藤《かっとう》にもいつか答えは出るのだろうか。

一度唇《くちびる》を引き結んでから、イルに聞こえないように小さく息を吐《は》き出す。

考えるのはやめよう、少なくとも今は。

久しぶりのイルとの時間だ。

せっかく目の前に彼がいるのに、怪我を押してまで来てくれたのに。

無事な姿を見せてくれた彼を前にして後ろ向きな事を考えて沈《しず》みたくはない。

この人に気づかれてしまえば心配をかけてしまうだろう。

ただでさえ大怪我をしているのだし、私のことで心配をかけるわけにはいかない。

考える事は一人の時にいくらだってできる。

「……お待たせしました、熱いから気を付けてね」

「ああ、ありがとう」

ふわりと湯気の立つシチューといつもよりも柔《やわ》らかいパンをイルの前に出し、回復魔法《まほう》をかけたお茶も出しておく。

柔らかく煮込《にこ》まれた野菜が少し崩《くず》れかかっているが、彼の怪我に合わせたものなのでこのくらいでちょうど良いはずだ。

ついでに自分も食べる事にしてカウンターを挟《はさ》んでイルの正面に座った。

イルが通って来てしばらくたってからはこうやって私も一緒《いっしょ》に食べる事が増えていたので、彼も特に何か言う事も無く食事を始める。

「今日は閉店までいても良いか？」

「私はもちろん構わないけど、イルは大丈夫なの？」

「この怪我だから騎士《きし》団の仕事は免除《めんじょ》、いや、治るまで来るなと言われている。俺は普段《ふだん》は城の部屋を借りて生活しているんだが、正直今は城の空気が悪い。なるべく城から離れていたいんだ」

「そんなに？」

「今回の騎士団が壊滅《かいめつ》寸前までいった理由に救世主がかかわっている。騎士団には昔からずっと働いていたやつも多い。救世主は元々魔法を覚えようとしない上に王子と遊び歩いて、我が儘《まま》し放題でピリピリしていたところにそれだ。古参の騎士団を壊滅寸前に追いやった人間を救世主として崇《あが》めるのかと議論になっている。あの空気の中にいると治るものも治らなくなりそうだ」

ボロボロとこぼれる愚痴《ぐち》のような発言に、よっぽど耐《た》えかねていたのかと驚いた。

今までイルが仕事の愚痴を漏《も》らした事なんてない。

守秘義務とまではいかないが、騎士団長としての責任もあったのだろう。

そういう愚痴を言うくらいには信頼《しんらい》してくれていたのかと嬉《うれ》しくなる。

食べ終わったイルはその後夕飯まで本を読んだり私と会話したりして過ごしていた。

今までで一番イルと話をした気がして少し嬉しい。

そして夕食を食べ終わり、閉店時間が近づくたびにため息を吐くようになっていたイルは戻《もど》るのが相当嫌《いや》なようだ。

何度目か、とりあえず二桁目《ふたけため》には突入《とつにゅう》したであろうため息を吐くイルを見て思案する。

ちらりと視線を向けた先は、未《いま》だに自分しか使った事の無い個室席だ。

私が二階の生活空間に戻るのが面倒《めんどう》な時や、読みたい本がなかなか終わらない時に泊《と》まり込んだ時もある。

ベッドも入っているし、普通《ふつう》に風呂《ふろ》までつけて宿屋のようになっている部屋。

どうしよう、と頭の中がどんどん混乱して来る。

イルを泊める事のできる環境《かんきょう》は整っている、自分も嫌ではない。

けれど一応女の一人暮らしに男の人を泊めるのは問題ではないだろうか。

でも、でも……

本に集中している彼の横顔を見ながら、やってしまったなあと思う。

初めは好みの顔立ちで性格も良くて、初めてできた趣味《しゅみ》を理解し合える友人の存在を嬉しく思っていた。

いつからか彼がいないと物足りなくて、彼が女性と話している所を見ただけで心がざわついて。

個室を思いついた時点で泊まっていってくれないかな、なんて考えているし、朝から晩まで一緒とか良いな、なんて思ってもいる。

彼が来なかったこの十日間で、うっすらと自覚し始めていた気持ちは明確な形を持ってしまった。

救世主であることを黙っている罪悪感はある、そしていくら彼が相手でも今の私はそれに関して譲《ゆず》れないと自覚もしている。

それでも溢《あふ》れてくる感情を止められない。

もう認めよう、私はこの人の事が好きだ。

まさか自分が恋《こい》をする日が来るなんて思わなかった。

気合いを入れるために吐いた息がイルの憂鬱《ゆううつ》そうなため息と重なる。

告白をしようという訳では無い、ある意味それよりもハードルの高い誘《さそ》いかもしれないが。

「イル、戻るのが憂鬱ならしばらくそこに泊まっていく？」

自分の思いを自覚したからか、思ったよりも落ち着いてそう問いかける事ができた。

驚《おどろ》いたように顔を上げたイルに個室の方を指し示す。

そもそもイルは常識人だし、誘いを断られる可能性は高い。

そう思っていたのだが、帰宅時間が近づいていたせいでどこかどんよりとした空気を纏《まと》っていたイルは少し悩《なや》むそぶりを見せている。

今更《いまさら》湧き上がって来た羞恥心《しゅうちしん》、けれど発言を取り消すことなどできないし泊まっていってほしいと思っているのも本心だ。

「怪我も痛むだろうし通うのも大変でしょう？　もしイルが良かったらだけど。馬も運動場に馬小屋があるし」

もっともらしい理由を並べているが、内心は冷や汗《あせ》がどんどん噴《ふ》き出している。

言わなければ良かったかな、嫌そうに断られたらどうしよう、そんな思いが無駄《むだ》にグルグルと回っていた。

迷っていたイルが戸惑《とまど》いがちに口を開くのを、緊張《きんちょう》を顔に出さない様にして見つめる。

「その……君が、良いなら、俺には願ってもない話だが」

「え、ああ、もちろん、提案しておいて駄目《だめ》だなんて言わないよ」

「そ、そうか。なら明日からお願いしても良いか？　今日は一度戻って準備してくる。言伝《ことづて》もしてこなければならないしな」

落ち着いていたつもりなのだが少し声が裏返ってしまう。

ただ私と同じくらいイルも挙動不審《ふしん》になっているので、お互《たが》いにつっこむ事はなかった。

なんだか妙《みょう》な空気になってしまったが、二人とももう発言は取り消せない段階だ。

「わかった、じゃあ明日からしばらくよろしくね。一応あの部屋にベッドと机とお風呂はあるから」

「ああ、ありがとう」

これで明日からイルが泊まっていくことは決定した。

嬉しいがどうしたらいいのかわからない感情が渦巻《うずま》いている気がする。

若干《じゃっかん》ふらつきながら馬に乗ったイルが店を後にし、本日の営業は終了《しゅうりょう》。

ドアとカーテンを閉めて、ハアーッと大きく息を吐《は》き出す。

顔が熱い気がして片手で押さえつつ、静まり返った店内で否応《いやおう》なしに自分の感情と向き合う事になった。

「……まいったなあ」

明日が楽しみなような、自分で言っておいて後悔《こうかい》しているような複雑な気持ちだ。

とりあえず彼が来ることは確定しているから、個室の掃除《そうじ》をして来よう。

布団《ふとん》は新しい物に替《か》えたばかりだし、魔法で自動的に綺麗《きれい》になるようにはなっているのだが、何となく自分でも布巾《ふきん》を持って個室の扉《とびら》を開ける。

綺麗な机を無駄に拭《ふ》いたりして緊張を紛《まぎ》らわせている内に、気が付けば次の日になっていた。

ちゃんと眠《ねむ》ったはずなのに、昨日の夜いつ布団に入ったのかは覚えていない。

冷静なふりをしていただけで実はかなり混乱していたようだ。

一階に下りてお店の窓を開け、冷たい空気を吸い込むように深呼吸する。

自分の気持ちはしっかりと自覚した。

けれど今はイルの怪我《けが》を治してあげたい。

嫌《きら》われてはいないだろうが、彼の私に向ける感情に恋愛《れんあい》の意味がどのくらい含《ふく》まれているのかは私にはわからない。

もしもイルが私に恋愛感情を持っていなかったら、彼は気を遣《つか》うに決まっている。

気を遣ってお店に通ってくるのを止《や》められてしまったら、彼に会えなくなるどころかあの重傷が治るのが更《さら》に遅《おそ》くなってしまうだろう。

まずは彼の怪我を治すのを第一に。

それにようやく訪《おとず》れるであろうあの穏《おだ》やかな日々をしばらくは満喫《まんきつ》させてもらいたい。

ちょうどイルの乗った馬が見えて、馬上の彼に向かって手を振《ふ》る。

なんにせよ、穏やかながらも普段《ふだん》とは違《ちが》う日々の始まりだ。

そうして始まった彼との生活は、数日経過すれば思ったよりもずっとあっさりとうまくいくようになった。

お互いにマイペースな人間なので、距離《きょり》感が摑《つか》めれば後はすんなりといくようになったのだ。

変わった事と言えば、私が彼に出すご飯にお金を貰《もら》わなくなったこと。

怪我をした友人を泊めているのにお金は取れない。

遠慮《えんりょ》するイルをそう説得して、治ったらまたお客さんとして来店してほしいとお願いしておいた。

お店は閉めているので、イルが泊まっている間は私も長期休暇《きゅうか》だ。

どっちみち彼以外のお客様は来ないのでこちらはまったく問題が無かった。

日中は本を読んだり語り合ったり、店で過ごしている時と同じような時間を過ごしている。

そして一日一回の回復魔法《まほう》が効いてきて日常の動作に問題が無くなったイルが、細々《こまごま》した日常の事を手伝ってくれるようになった頃《ころ》。

変化はじわじわと訪れた。

何か新しいメニューでもないかと本棚《ほんだな》の前で立ったままレシピ本を捲《めく》っていると、首筋から頬《ほお》にかけてゾワリとした感覚が走り、口から小さく悲鳴が漏《も》れる。

慌《あわ》てて振り返った先で、束ねられた私の髪《かみ》をそっと自分の手に載《の》せるイルと目が合った。

私の髪は束ねているとはいえ、そこまで長さがある訳では無い。

その髪を手に持つという事は彼との距離は必然的に近くなる。

至近距離で細められた彼の瞳《ひとみ》から変な色気を感じて、自分でも顔が赤くなったのがわかった。

「驚かせたか？」

「ま、まあ、びっくりしたけど。何か用？」

背中側が本棚なので、イルとの距離を開けようにも体を引く事すらできない。

彼の手の中には私の髪が収まったままだし、表情も変わらず笑顔《えがお》のままだ。

「すまない、自分が贈《おく》った物をつけてもらえるというのは本当に嬉《うれ》しい事なんだなと思ってな。良く似合っている」

彼の視線の先、私の髪に結ばれた髪紐《かみひも》は貰ってからずっとつけているせいか、最近は無いと落ち着かないくらいだ。

意中の人からそう褒《ほ》めてもらえるのは嬉しいが、如何《いかん》せん距離が近すぎる。

「あ、りがとう。私も気に入ってるよ」

私の言葉を聞いて嬉しそうに笑ってから離《はな》れたイルは、いつもの席に座って本を広げだした。

最近スキンシップが多い気がする。

今みたいに髪だったり手だったり。

触《さわ》られて嫌《いや》な場所は絶対に触ってこないし、お互いの領域は守ってくれるから身の危険を感じるわけではないが、騎士《きし》団長らしく気配を消していることがあるのでびっくりすることが多い。

想《おも》い人から触《ふ》れられるのは嬉しい。

これが生まれ育ったあの国ならば確実に自分に気があるのだろうと思えるのだが、異世界という事で文化が良くわかっていない状況《じょうきょう》だと中々判断が付きにくい。

ただおそらくは期待しても良いのだろう。

文化うんぬんよりも、彼の人柄《ひとがら》的に何とも思っていない異性相手にこんな誤解を招くような態度はとらないはずだ。

最初はおどおどしていただけの彼からのスキンシップだったけれど、そう考えてしまえば嬉しさも込みあげてくる。

「イル、先に回復魔法かけちゃおうよ。今日手にかけちゃえばもう手は大丈夫《だいじょうぶ》になるから本も読みやすくなるでしょう」

「ああ、ありがとう」

イルが一度お城に戻《もど》った時に、回復魔法を担当する人からかける順番を聞いて来てくれたのは助かった。

同じ回復魔法でもかける順番によっては効果が変わる事もあるらしく、その辺りはやはりプロの言う通りの方が私も安心できる。

テーブルを挟《はさ》んで座って彼の手を取り、包帯の上から回復魔法を当てていく。

「痛みは無い？」

「ああ、大丈夫だ」

魔法の光が収まったタイミングでそう聞けば、手の中の彼の手の指が少し動く。

今回も問題無く治ったようだ。

ならば、と遠慮なく彼の手を自分の両手で包み込む。

少しきょとんとした彼の顔がいつもより幼く見えて笑った。

「これで包帯も取れるね、良かった。私あなたの手が好きだから、痛々しいのは嫌だったんだ」

「は？」

「大きくて男らしいし、剣《けん》を握《にぎ》ってるんだっていうのが良くわかるから、この手に守ってもらってるんだって思えてすごく好き」

「あ、りがとう、そう言ってもらえると嬉しい」

お返しと言わんばかりにそう言葉を紡《つむ》げば、今度は彼が照れる番だった。

視線を横に彷徨《さまよ》わせた彼の耳が赤い、さっきの私と同じようにつっかえたお礼の言葉を発した彼を見て満足したので、両手で包んでいた彼の手を離す。

最近はこんな風に彼に何かを言われたら私も返して、をくりかえしている。

お互《たが》いに照れたり、照れさせたりの攻防《こうぼう》。

まるで遊んでいるみたいだ。

ただきっと、私だけでなく彼もこの攻防を楽しんでいる。

余裕《よゆう》に見せかけているだけで、仕掛《しか》けた時でも内心照れている私の方が負けてはいるのだろ

うけれど。

そして彼がいる事で本の話題で盛り上がれるのも嬉しい。

今までも本の内容で語り合う事はあったのだが、あくまでイルは本を読みに来ていたし閉店後には帰ってしまう。

今は一緒《いっしょ》に暮らしているのも同然なので、夜遅《よるおそ》くまで本の解釈《かいしゃく》をああでもないこうでもないと語り合ったりできる。

二人での生活は思っていたよりずっと快適だった。

視線を彷徨わせていたイルが誤魔化《ごまか》すように咳払《せきばら》いをする。

「ツキナ、俺の怪我《けが》ももう日常生活には支障がないくらいには治ったし、買い出しに行くなら付き合うぞ」

「え、ああ、そうだね。お願いしようかな」

彼が来てから私は買い物には行っていない。

そろそろ買い出しに行かないと、どこから食料などを調達してるのか疑問に思われてしまうだろう。

本格的に町の探索《たんさく》をした事が無いのを知られるわけにはいかないので、適当にごまかしてイルに案内を頼《たの》もうと口を開く。

「私いつも適当に買って帰っちゃうからあんまりお店の場所知らないんだよね。この間イルに会った周辺しか見た事がなくて。案内ってしてもらっても大丈夫？」

「そうなのか？　市場にはよく行くから問題はないが、今から行くか？」

「そうだね。ちょっと待ってて、転移魔法の媒介《ばいかい》持ってくるから」

「俺の馬で行っても良いぞ？」

「いや、運動場見てみなよ」

そう言って窓の外を指し示す。

そこから見える運動場には、雪国には珍《めずら》しく暖かな日差しが射《さ》していた。

イルの馬は気持ちよさそうに日光浴中だ。

うっとりと目が細められていて、すごく暖かそうだった。

「邪魔《じゃま》するのが悪いくらいには気持ちよさそうなんだけど」

「……そうだな、馬はまた今度にしよう」

二階に媒介を取りに行くついでにエプロンを取って服を着替《きが》える。

店用の服で出歩くのは抵抗《ていこう》があるし、せっかくイルと出かけられるならおしゃれがしたい。

髪飾《かみかざ》りはそのままでいいだろう。

彼と出掛《でか》けるというのに別の物に変える理由は無い。

準備を済ませて一階の店部分に下りると、同じく少しラフな格好に着替えたイルが入り口で待っていた。

一声かけて媒介を発動させれば、広がる魔法陣《まほうじん》。

二人で上に乗ってから魔力《まりょく》を込めれば、一瞬《いっしゅん》目の前が揺《ゆ》れた後に町の入り口近くの建物の陰《かげ》に移動していた。

「転移魔法は初めて使ったな。意外とめまいが起きたりはしないのだな」

「距離《きょり》が遠いと起きたりするらしいけど、町までだったら一瞬だからね」

魔法陣から下りたと同時にイルにそっと手を取られ、思わず固まる。

視線を向ければ市場は混《こ》んでいるからはぐれないように、と笑う彼。

子供じゃあるまいし、そう思う心とは裏腹にすぐに彼の手を握り返した自分に笑ってしまう。

自分の年齢《ねんれい》や周りの目を気にするのはやめた。

好きな相手と手を繋《つな》ぐことに年齢なんて関係ないだろう。

そうして手を引いてくれた彼が連れて行ってくれた先では、賑《にぎ》やかな市場が路上にずらりと並んでいた。

暖かな日差しのおかげか、大盛況《だいせいきょう》のようだ。

「うわ、すごい規模だね」

「数日に一度開かれる市だ。色々な店が集まって出店しているからたまに掘《ほ》り出し物があったりする」

フリマみたいなものだろうか。

食料を買うのは後にして二人で店を見て回りつつ、気になった物を食べながら回っていく。

いつもは検索《けんさく》して出す本もやはりこういう場所で面白《おもしろ》そうなものを見つけると楽しくなるものだ。

読んでみたい本も見つけてイルと二人でホクホクした気分になりながら、食料の売っている方へと向かう。

それにしても寄る店全部で店員がイルの顔と私の顔、繋がれた手を見て固まるのはどういうことなのだろう。

どうも彼が女性と歩いている事が注目を集める原因のようだが、この人そんなに女っ気がないのだろうか。

いや、私としては嬉《うれ》しいけれど。

店員にはデートに見えているのだろう、そう見られているのが嬉しくてこっそりと笑う。

彼と出会ってから自分でもわかるくらい笑顔《えがお》が増えた気がして、幸せを噛《か》みしめた。

目当ての食材店にたどり着いて少し考える。

店員が固まっているのはもう慣れた。

お昼は今の食べ歩きで二人とも十分に食べたし、後は夕飯と明日《あした》からの食料か。

いつも作ってもらっているからとお金をイルが出してくれたのがちょっと心苦しい。

ごめんなさい、私の出すご飯に元手はかかっていないです。

「イル、夕飯何が食べたい？」

「……魚が良い」

この人は意外と食べたいものを主張してくれるのでありがたい。

こういう時はなんでも良いが一番困ってしまう。

明日からの食材は適当に購入《こうにゅう》して、イルが食べたいという魚も購入しておく。

もう夕方だ、あっという間の一日だった。

手を引かれるまま町の入り口に戻り、そこからは転移魔法で店へと戻る。

ちょっとした日常、でも充実《じゅうじつ》した日だった。

家に帰ってきてイルのリクエストの魚料理を作って出す。

買った本について話しているうちに、ふと町に大量に貼《は》ってあったポスターを思い出した。

「ねえイル、町にオーロラ祭りって書いてあるポスターが大量に貼ってあったよね」

「ああ、開催《かいさい》が近いからな」

「大きいお祭りなの？」

「行った事が無いのか？　この国で毎年やっている一番大きな祭りだろう」

「あ、ああ、基本的に私引きこもってるから。今まで行った事ないんだよね」

ちょっとまずかったかな、と思ったがイルは気にせず話し続ける。

「一年に一度、巨大《きょだい》なオーロラが空に浮《う》かぶ。その日に合わせて祭りが行われるんだが、その、もし君が良いなら一緒に行かないか？　今年は祭りの日は非番なんだ。もし良ければ、だが」

「良いの？　行ってみたい！」

思ってもみなかったお誘《さそ》いだ。

オーロラなんて見た事が無いし、おまけにイルとお祭りに行けるなら断る理由がない。

彼の怪我も治って来たし、そろそろこの同居生活も終わるだろう。

イルは立場ある人間だ、騎士《きし》団長として任務をこなす日々に戻《もど》っていく。

またお店に通ってはくれるだろうが少し寂《さび》しい。

だから、お店の外で遊べる約束は純粋《じゅんすい》に嬉しかった。


それからまた五日ほど過ぎて、最後に残ったイルの肩《かた》の怪我を治す。

この短期間に回復魔法のレベルのようなものが相当上がった気がする。

魔力が多くても最大という訳ではないし、覚えた魔法が使えば使うほど効力を上げているのはゲームや漫画《まんが》と変わらないようだ。

目に見える数値はないものの、魔法を使った後の疲《つか》れ具合とか効力の強さなんかでなんとなくのレベルは把握《はあく》できる。

グリグリと肩を回したイルの手には、彼がここ最近泊《と》まり込んでいた際に使っていた荷物が持たれていた。

今日でお泊まりは終わりだ。

「世話になったな、回復魔法も助かった。おかげで思っていたより早く復帰できる」

「ああ、休んでいた間の、俺だけにできる仕事が溜《た》まっているからな」

「忙《いそが》しくなるの？」

「そう、じゃあしばらく来られない感じなの？」

「そうなるな」

「そっか、なんだかちょっと寂しい感じがするね。君もまた来てね」

イルの横にいた馬に手を伸《の》ばすと、手の平にググッと鼻先を押し付けられる。

この子が運動場でリラックスしてるのを見るのもほんわかした気分になって楽しかった。

「その、祭りまでには仕事を終わらせる。祭りの日にはここに来るから、夜になったら一緒《いっしょ》に行こう」

「うん、楽しみにしてるよ。あ、そうだ、これ良かったら持って行って。前に渡《わた》したのは割れちゃったし、騎士団なら使い道はあるでしょう？」

入り口近くに置いていた箱をイルに差し出す。

箱の中身は練習も兼《か》ねて作っていた大量の結界玉。

私の魔力やコントロール力が上がった事で前の物よりも強化されている。

多少は結界が張れる時間が増えているはずだ。

箱の中身を見たイルがピシリと固まる。

「最近結界魔法の強化をできないかと思って練習してた副産物だけど、私は基本引き籠《こも》りだからそんなに使わないいし」

「あ、ありがたいが、これは……ツキナ、このレベルの結界玉は一つ買うとしても家一軒《いっけん》より高くつくぞ」

「それは市販《しはん》のやつの話でしょう。これは私が練習を兼ねて作った物だし、せいぜいガラス玉代くらいしかかかってないよ。あ、あとこれはイルに」

もう一つ、ガラス玉ではなく、結界呪文《じゅもん》を詰《つ》め込んだ水晶《すいしょう》の玉が付いたブローチを差し出す。

「髪紐《かみひも》のお礼。それとあなたに何かあって店に来なくなったら私が寂しいから。ブローチなら邪魔《じゃま》にならないかな、と思ったんだけど」

イルの服には勲章《くんしょう》やら国のバッジやらがジャラジャラとついている。

一つ増えたところであまり差はないだろう。

私の手から受け取ったイルがぎゅっとブローチを握《にぎ》りこんだ。

「ありがとう、君の結界呪文には驚《おどろ》かされるな」

「昔から結界呪文と回復呪文は得意だから」

そう誤魔化《ごまか》しながら、もうあんな心配な十日間はごめんだし、と思う。

箱を抱《かか》えたイルが馬へ飛び乗り、彼の顔の位置が高い場所へ移動した。

「じゃあ、また。お祭り楽しみにしてる」

「ああ、俺もなるべく早くここに来られるように机にかじりつくことにするよ」

緩《ゆる》く笑ったイルがこちらへ背を向けて馬で駆《か》け出す。

その背を見送り店へと戻れば、いつも通りの一人の空間。

お祭りは楽しみだが、ガランとした空間が妙《みょう》に寂しく感じられた。

***

城までの道を愛馬に乗って駆ける。

充実した日々だった。

まるでからかい合う様に、そしてどこか探《さぐ》り合う様に彼女と触《ふ》れ合った日々。

彼女の態度からして嫌《きら》われてはいないはずだ。

何も意識していない相手にああいった態度を取るような女性ではない。

オーロラ祭りに誘えたのは運が良かった。

あの日、店で伝え損《そこ》ねてしまったこの気持ちを伝えるのにはちょうど良いだろう。

彼女に貰《もら》ったブローチを見下ろして、こらえきれずに笑みが零《こぼ》れた。

日頃《ひごろ》の、そしてブックカバーの礼を兼ねて贈《おく》った髪紐、その礼にと言っていたがこれでは永遠に贈り物を贈り合う様になってしまう。

俺が来ないと寂しいと言ってくれた彼女の結界魔法《まほう》が込められたブローチ。

形は違《ちが》っても、あの討伐《とうばつ》の日に俺の命を救ってくれたものと同じものだ。

あの時、おそらく俺にとってはとどめになるであろう攻撃《こうげき》を受けそうになった時、胸ポケットに入れていた結界玉が熱を持ち破裂《はれつ》した。

真っ白な光を放ちながら周辺に展開した結界は俺の身を守り、敵を弾《はじ》き飛ばして叩《たた》きつけた事でとどめを刺《さ》した上に、俺が負っていた致命傷《ちめいしょう》になるであろう一番大きな傷まで綺麗《きれい》に癒《いや》してしまった。

ガラス玉に込められるとは思えないくらいに強大な魔力《まりょく》を帯びた結界。

信じられない光景に呆然《ぼうぜん》としながら笑ったのを最後に意識を失って、目が覚めればもう四日が経過しており、彼女に告げた二、三日を過ぎてしまっていた。

王達には泣かれベオークには怒鳴《どな》られ、一番大きな傷は治っていたとはいえ、全身に残る他《ほか》の傷は痛む上に、体が動かない部分もある。

最悪な目覚めだった。

騎士団に死者はいないが怪我《けが》人が多く、任務は動けるメンバーが辛《かろ》うじて回している状態。

第二王子は部屋へ籠り、救世主も部屋へ軟禁《なんきん》。

救世主がいれば平和になる、けれどそれは大魔法を覚えた場合だ。

低級の魔法すら覚えず、騎士団を壊滅《かいめつ》寸前まで追い込み、自分を庇《かば》った王子の血が付く事にすら嫌悪《けんお》した彼女に好意的な目を向ける人間はいない。

排除《はいじょ》すべきだという意見と、幼い少女相手に流石《さすが》にそこまでは、という意見。

それらがぶつかり合って城内の空気はかつて無い程《ほど》に悪くなった。

目覚めた次の日には居心地《いごこち》の悪さが最高潮に達し、早くツキナに会いに行きたくてたまらなかったくらいだ。

心配してくれているだろうか、とか。

会いに行ったら喜んでくれるだろうか、とか。

彼女の事を考えている間だけ少し安らいだ気がする。

ベオークは動ける騎士《きし》団の代表として忙しくしているし、回復魔法を使える術師にともかく動けるようにだけしてくれと頼《たの》み込んだ。

結局動けるようになったのは最後に彼女の店に行ってから十日も経《た》ってから。

少し緊張《きんちょう》して開いた扉《とびら》の先で、へたり込むくらい俺の無事を喜んでくれた彼女。

毎日俺が来るかとドアの外を確認《かくにん》してくれていた彼女。

思い浮《う》かんだのは、あの時店で会った男の言葉。

『あの子が欲しいなら口説いてみるといい。彼女がここに執着《しゅうちゃく》してくれる要因が増えるなら大《だい》歓迎《かんげい》だ』

ああ、欲しいさ、欲しい。

欲しい欲しいと自分の心が訴《うった》えてくる。

こんな感情は初めてだ。

伝えようにも上手《うま》く言葉は出ないし、吹《ふ》いた鍋《なべ》に完全に言うタイミングを逃《のが》してしまう。

彼女と向かい合っての食事も、俺のためにと入れてくれていた本の新刊も。

いつも通りで安堵《あんど》するのにその先が欲しい。

結局思いを伝えるチャンスのないまま一日は終わって閉店時間が近づき、またあの空気の中に戻《もど》るのかと思うとため息が止まらなくなった。

泊《と》まっていくかと聞かれた時は、都合のいい夢の中にいるのではないかと思ったくらいだ。

彼女と二人きりの暮らしは終わってしまったが、胸の中は温かいもので満たされている。

体も軽い、痛みなども欠片《かけら》も残っていない。

城の術師が癒してくれた後にうっすらと残っていた傷痕《きずあと》も綺麗に消えて、まるで初めから怪我などしていなかったみたいだ。

術師たちは国の中でも腕利《うでき》きのメンバーばかり、けれどその彼らですら治す事のできなかった傷まで綺麗に消してしまった彼女。

回復魔法の回復量は術師の魔力量によって決まる。

彼女は城の術師よりも魔力が高いという事だ。

あの手に包まれて、あっという間に手の怪我は治ってしまった。

あの、小さな手で。

そんな事をぼんやりと考えている内に、あっという間に城へとたどり着いてしまった。

久しぶりの城は若干緩和《じゃっかんかんわ》されてはいるとはいえ、ピリピリとした空気は相変わらずだ。

あの穏《おだ》やかな空間との差にため息がこぼれ、彼女の家にもう戻りたくなった。

重症《じゅうしょう》だな、と苦笑《くしょう》しながら貰った箱を抱えなおす。

まずはこれを何としてでも部屋まで無事に運ばなければならない。

ポンと渡されたこの箱、中身の価値を考えただけでめまいがしそうだ。

「……早く部屋に持って行こう」

緊張感《きんちょうかん》を抱《いだ》きながら慎重《しんちょう》に、それでもなるべく急いで部屋へと向かう。

箱を落とさないように抱えてドアを開ければ、部屋の中には見知った顔が待っていた。

「よう戻ったか。もう怪我は平気そうだな」

「ああ、お前かベオーク。何だにやにやと、気色が悪いぞ。とりあえずこの箱を置きたいから
そこの机の上を空けてくれ」

「ん、ああ、何だその箱？　そんなに慎重に運ぶほどの物が入っているのか」

ベオークが空けてくれたスペースにそっと箱を下ろして、気になるなら見てみろと箱の蓋《ふた》を開く。

ひょいっと覗《のぞ》き込んだベオークがその場で固まった。

気持ちはわかる。

「おいイル。お前いつの間にこんな金持ちになったんだ？　これ一箱で、城買っても釣《つ》りがくるレベルの価値があるぞ」

「俺が慎重に運んでいた理由はわかっただろう」

「確かにこれは運ぶのに慎重になるな。何だこのハイレベルな結界玉」

「貰った、騎士団で使っていいそうだから任務に向かう時に参加メンバーに支給する」

「はあっ？　これを貰った？　タダでかっ？」

部屋に入ってきた時のにやにやした表情は一瞬《いっしゅん》で消え、ベオークの視線が箱と俺の顔を行き来する。

「ああ、明日王達にも渡《わた》すつもりだ。お前も一つ持っていけ」

「あ、ありがたいが……むしろ発動させるのが怖《こわ》いんだが」

箱の中から一つ取ったベオークがこわごわと胸ポケットに結界玉をしまい込むのを見ながら椅子《いす》へ腰掛《こしか》ける。

緊張から解き放たれて大きなため息が出た。

「もう怪我はいいのか？」

「ああ、問題ない。完治している」

「へえ、そりゃ何よりだ。愛の力ってやつか？」

「は？」

顔を上げれば目の前の椅子に座ったベオークがにやにやとこちらを見ている。

「見たぜ。まさか数々の見合いを会いもせずに断って、生活のほとんどを読書にあてていた騎士団長様が、女性と手をつないで市場デートをしているとは思わなかった。お前の怪我を心配して実家まで行った俺の気持ちを返せ」

「あれは、ん？　お前俺の実家に行ったのか。それはすまなかった」

「まったくだ。城を離《はな》れて療養《りょうよう》すると言っていたからてっきり実家に戻っていると思っていたのに、時間が少し開いたから見舞《みま》いがてら村に帰ってみればお前一回も帰ってないらしいじゃないか。次の日に王女に誘《さそ》われて市場を覗きに行ってみればまさかの遭遇《そうぐう》だ。色々あって聞けなかったが討伐《とうばつ》前に俺が聞こうとしていたのはあの女性についてだったんだよ。恋人《こいびと》ができたなら幼馴染《おさななじ》みである俺にくらい報告してくれても良いじゃないか」

「まだ付き合ってはいない」

「は？　いや、あの女性が着けていた髪紐《かみひも》はお前が贈《おく》ったものだろう。行商で買ってたじゃないか」

「日頃《ひごろ》世話になっているからと、礼として渡したものだ」

「いやいや、それでもあの女性はお前より少し年下くらいだろう？　あの年代の女性が好きでもない男と手をつないで歩くか？」

「俺が、拒否《きよひ》されないのを良い事に強引《ごういん》に握《にぎ》っただけだが」

「いや、普通《ふつう》は恋人でも好きでもない男に手を握られればよっぽどの理由がないと拒否するぞ。ん？　そうすると付き合ってはいないがお前は本気なのか？」

「悪いか？」

「いや、悪くはないが。マジか」

若干引きつった顔で固まったベオークの前で、ふう、とため息を吐《つ》く。

最近ため息ばかり吐いている気がする。

「気持ちを伝えようとは思っているんだがな。中々うまくいかん」

「今までろくに恋愛《れんあい》してこなかったツケが来てるな。だがお前この数日その女性の家にいたんじゃないのか？　医者を脅《おど》す勢いでともかく動けるようにしてくれと言っていただろう。彼女の家に行きたかったからなんじゃないのか？」

「ああ、彼女が城にいたくないなら泊まっていくかと言ってくれたからな。その言葉に甘えさせてもらった」

「あの女性は家族と暮らしているのか？」

「いや、店を持っていてな。そこで一人で暮らしている。馬の運動場はあるし大量の本が置いてあるから、討伐よりずっと前から通い詰《つ》めていたんだ。その店部分に泊めてもらっていた」

「お前の顔色がいきなり良くなった理由はそれかよ。というかお前、それ普通に、告白したらオーケーの返事貰《もら》えると思うぞ。普通は店とはいえ好きでもない男を女性一人で暮らしている家に泊めたりしないからな」

「お前もそう思うか？」

「そりゃそうだろ。ああ、今年の祭りは非番だろう。溜《た》まってる仕事もそれまでには終わるだろうし誘って告白してみたらいいんじゃないのか？」

「そのつもりだし、もう誘っている。了承《りょうしょう》の返事ももらった」

「もらってんのかよ。なら問題ないな。他《ほか》の男に取られないうちにさっさと恋人になっておけよ」

「ああ」

やれやれといった顔のベオークが、苦笑しながら続ける。

「頼《たの》むぜ、王女にイルの相手を聞いて来いって頼まれてるんだ。王女以外にも王様や王妃《おうひ》様、騎士《きし》団の連中もだな。お前の相手に興味津々《きょうみしんしん》なんだよ。ぜひとも射止めて、俺に土産話《みやげばなし》を語ってくれ。あと紹介《しょうかい》もしてくれよ」

「勘弁《かんべん》してくれ……」

俺がぐったりしているのが楽しいのか、苦笑を部屋に入って来た時の様ににやにやした笑《え》みに戻したベオークがふと思いついたように口を開く。

「もしかしてこの結界玉って」

「彼女が作った物だ。あの討伐の時に発動したのも彼女からもらった物だった」

「お前の傷を治したのも？」

「ああ、彼女が回復魔法《まほう》をかけてくれたんだ。回復効果を付けた飲み物も毎日出してもらっていたからな」

「道理で治りが早いわけだ、というかどんだけ魔法得意なんだよ。あの結界玉は市場にもなかなか出回らないクラスのものだぞ。出ても高くて買えんがな」

「昔から結界と回復魔法は得意だと言っていたな」

「その才能があってなんで名前が知られていないんだ？」

「おそらくだが…まず彼女は俺と同じくらい本好きだ」

「マジかよ、そんな人間お前以外絶対いないと思っていたぞ」

「どういう意味だ、まあ良い。そして俺以上に引きこもりがちでもある。店からはほとんど出ないしオーロラ祭りの事も知らなかった」

「マジかよ、よく出会えたなあ、おい」

頭を抱《かか》えたベオークを見ながら彼女と出会った時の事を思う。

あの時、気まぐれで馬の進路を変えなければツキナとは出会えなかった。

もし出会えなければ今ごろ、あの店の、彼女の隣《となり》の居心地《いごこち》の良さも知らないまま、救世主に振《ふ》り回され続ける日々を過ごしていただろう。

いや、そもそもこの間の討伐で死んでいただろうが。

「そういえば、救世主と王子はどうしているんだ？」

「相変わらずさ。救世主は自分が軟禁《なんきん》されている事に不満を爆発《ばくはつ》させている。意外なのは王子が会いに行っていない事だが、っと」

コンコンとノックの音が響《ひび》いて、ベオークとの会話は中断される。

入り口に近い方にいたベオークが扉《とびら》を開けると、思ってもみなかった姿が飛び込んで来た。

「「王子っ？」」

扉の外、少し俯《うつむ》いた顔で立つ第二王子の姿を見て驚《おどろ》いた声がベオークと揃《そろ》う。

部屋の中に入るように促《うなが》せば、少し躊躇《ちゆうちよ》した後に室内へと足を踏《ふ》み入れてくる。

「夜分にすまない、イルが戻《もど》って来たと聞いて。イル、ベオークも、本当にすまなかった」

そう言って頭を下げる王子にこちらが慌《あわ》ててしまう。

いくら幼少時から面倒《めんどう》を見ているとはいえ、この国が身分に厳しくないとはいえ、王族が一兵士に頭を下げるなどありえないことだ。

ベオークと共にともかく頭を上げてほしいと訴《うった》えるが、王子は頭《こうべ》を垂れたままだった。

「わかっていたんだ、彼女の我がままがどれだけお前たちを苦しめていたか。今回の事は自分の感情すらコントロールできずに彼女を甘やかしていた私が悪い」

「王子……」

「すまない、本当にすまない。もう少しで私は幼き頃《ころ》から世話になっていた騎士団の皆《みな》を全員失うところだった」

ようやく顔を上げた王子の瞳《ひとみ》が救世主が来てからのどこかぼんやりとしたものではなくなっている事に気が付いて、ベオークと顔を見合わせる。

あれだけ説得されても変わらなかった王子に何があったのだろう。

「騎士団の部屋をすべて回って謝って来た。謝っても許されることじゃないのはわかっている。なのに皆私を責めない。大切なものを間違《まちが》えたのは私だというのに」

グッと堪《こら》える様に口を結んだ王子が、昔のようにしっかりとした瞳でこちらを見つめる。

「こんなことを言うのは間違っているのはわかっている。だが、もう一度だけ私にチャンスをくれないか？」

「チャンス、とは？」

「来月にあるオーロラ祭りに彼女と行こうと約束した。その祭りが終わるまでに彼女に魔法の勉強をしてもらえるように説得する。それができなければ私ごと処分してくれてもかまわない。父上にも許可は貰っている」

真剣《しんけん》な声と表情を見て、出した結論は俺もベオークも同じだった。

「わかりました。王子の決意が本物であるなら私《わたくし》から申し上げる事はありません」

「愛という感情が自分の思い通りにならない事は、このベオークもわかっております。王子の選んだ道に光が射《さ》すように祈《いの》っておりますよ」

絞《しぼ》り出すような声でお礼を言って部屋から出て言った王子の背を見送る。

ふう、とベオークの吐いた息の音が部屋に響いて、緊張感《きんちょうかん》が引いていく。

「驚いたな、昔の王子に戻ってる」

「だがあの救世主が言う事を聞くかどうか」

「俺は無理だと思うが。まあ王子たっての願いだ。一か月くらい城の人間も我慢《がまん》できるだろう。

全く、俺が言えたセリフじゃないが恋愛感情っていうのは面倒くさいな」

苦笑いでそう言ったベオークのセリフに心の中で同意する。

思い通りにいかない、でも捨てられない。

本当に厄介《やっかい》だとしみじみと思う。

もしかしたら今の自分も王子と変わらないのかもしれない。

早く彼女にまた会いたい、机の上に溜まっている書類を見つめて終わる時間を計算する。

少し多いが何とかなるだろう、そう思った時だった。

机に歩み寄ったベオークがいくつか書類の山を抱える。

「おい」

「仕方ないから手伝ってやる。お前にしかできない書類ばかりだが、このあたりならまあ俺でもなんとかなるだろう」

「だが俺がいない間の仕事も引き受けてくれたんだろう。お前の方が大変に、」

「良いんだよ、これでも喜んでるんだぜ。本にしか興味のなかった幼馴染《おさななじ》みが必死に好きになった女性を口説こうとしている事にな。仕事は手伝ってやる、代わりにしっかり祭りで口説き落として来い。いいな！」

そう言って笑ったベオークが書類を抱えたまま部屋を出ていく。

慌てて叫《さけ》んだ礼は聞こえただろうか。

「まったく、これでは失敗できんな」

残りの書類もかなりの量がある。

どの道これを終わらさなければ祭りどころか店にすら行けない。

机に向かい、近くの書類を手に取った。

ここまでお膳《ぜん》立《だ》てされたんだ、何としてでも終わらせる。

第九章　救世主

イルが城へ戻ってから、一週間と少し。

一人の時間とはこんなに長いものだっただろうか。

以前は本を読んでいればあっという間に過ぎていった時間の流れが妙《みょう》に遅《おそ》く感じる。

あれから少し救世主の事について調べた。

以前は基礎《きそ》的な事だけさっと調べて終わりにしていたから、神様が話していた魔力《まりょく》暴走について調べてみることにしたのだ。

わかった事はいくつかある。

救世主が使う大魔法《だいまほう》の魔法陣《まほうじん》には、救世主の体にある刻印と同じものが浮《う》かび上がること。

神様の言っていた通り、以前魔力の暴走を起こした救世主がいたこと。

暴走時には空に大魔法と同じような刻印入りの魔法陣が浮かび、国を一つ消し飛ばしていること。

本に記された魔力暴走時の魔法陣をそっと撫《な》でてから、鏡の前に立って大魔法を発動させようとしてみる。

発動前に急いで止めたが、私の場合も広がりかけた魔法陣に刻印があった。

おまけに頭の少し上にも光る刻印が浮かび上がり、髪《かみ》の毛全体が刻印と同じように光を纏《まと》って風に煽《あお》られた様に靡《なび》いてしまう。

刻印が消えてから浮かび上がった辺りの髪をかきあげて鏡を見れば、そこには確かに刻印が刻まれていた。

ヘナヘナと鏡の前に崩《くず》れ落ちる。

「目立たないように刻印は髪の下にしてもらったのに。空中に浮かび上がるなんて……髪の毛の発光具合もすごいし、素直《すなお》に体のどこかに入れてもらえばよかった」

これでは大魔法を使った時点で一発で救世主だという事がわかってしまう。

こっそり使えるのならば、救世主の子が何かしてもこそこそと結界魔法で守れるかと思ったのに。

お城にいる救世主の女の子、お願いだから余計な事はしないでほしい。

魔力暴走とか本当に勘弁《かんべん》してもらいたい。

この国にはイルがいて、国民の平和を守るために戦っている。

そのイルが大切な人になってしまった以上、この世界に来た時と同じ感覚でこの国を見捨てる選択肢《せんたくし》はもう取れない。

こっそり大魔法は使えない、今の内に大魔法の結界を張っておくことも考えたが、この国で救世主といえば城の子の事になる。

その子が張ったと思われると余計に厄介《やっかい》な事になってしまうだろう。

イルの愚痴《ぐち》や神様の発言から察する彼女の性格からの判断だが、自分が使った魔法だと言い張って今より我が儘《まま》し放題になるかもしれない。

「まいったなあ、もう」

イルは相当救世主に対して鬱憤《うっぷん》が溜《た》まっているようだった。

遊び歩いて我が儘し放題だと。

けれどそれは私も同じだ。

国を助ける手段を持っているのに、こそこそと隠《かく》れて自分の大好きな読書に没頭《ぼっとう》しているのだから。

私も救世主だと知ったら彼はどうするだろう。

「……嫌《きら》われたくないな」

三十歳過ぎてこんなに恋愛《れんあい》ごとで悩《なや》むことになるなんて思わなかった。

今はただ救世主の女の子が大人しくしてくれるのを祈るしかない。

ちらりと視線を向けた先にはカレンダー。

オーロラ祭り、と書かれている日はもう明日に迫《せま》っていた。

「明日来ていく服でも見繕《みつくろ》おう」

悩んでいても仕方ない、せっかく久しぶりにイルと会えるのだから精一杯《せいいっぱい》おしゃれしたい。

最近常に頭の中にある葛藤《かっとう》には未《いま》だに答えは出なくても、彼に向ける感情には答えは出ているのだから。

そして次の日の夕方、いつもの時間に彼は来た。

いつもと違《ちが》って私服なのが新鮮《しんせん》だ。

胸元《むなもと》についているブローチを見て少し嬉《うれ》しくなる。

馬に乗ったまま近づいてきた彼に久しぶり、と声をかけた。

「ああ、久しぶりだな。本当はもっと早く来て店でゆっくりしてから行きたかったんだが、仕事がギリギリまで終わらなくてな」

「え、大丈夫《だいじょうぶ》なの？」

「俺がどうしても君と行きたかったんだ。終わってホッとしている」

「そ、そう、ありがとう」

ふわりと微笑《ほほえ》まれて顔に熱が上る。

馬上のイルがこちらへ手を差し出してきたので何も考えずその手を取れば、一瞬《いっしゅん》の浮遊感《ふゆうかん》。

気が付いたら馬の上、イルの前に座る形で馬に乗せられていた。

「え、あれ？」

「このまま馬で行こう。会場の近くに専用の馬小屋があるんだ」

それは良いのだけれど、近い。

ともかくイルが近い。

密着具合がすごい、あと高い。

そうだよね、この子軍馬だもんね。

大きいのはわかっていたけれど地面が遠い。

「た、高っ」

「ああ、すまない、大丈夫か？」

「だ、大丈夫だけど、馬に乗るのは初めてだからびっくりした」

「こいつも君を気に入っている、落としはしないさ。俺に摑《つか》まってくれていればいい」

そっちの方が緊張《きんちょう》するんだけど、とは言えないが。

この人こんなに高い場所から片手で私の事を持ち上げたのか。

手が大きいのも力が強いのも知っていたけれどこれはまずい。

私を支えるために体に回っている腕《うで》を思いっきり意識してしまう。

なんだこの状況《じょうきょう》は、少女漫画《まんが》か何かだろうか。

アラサーの少女漫画みたいな恋愛に需要《じゅよう》なんてあるのだろうか。

混乱のあまりよくわからないことを考えながら、馬に揺《ゆ》られる事しばらく。

イルの腕が良いのか馬が気を遣《つか》ってくれているのか、体が痛むこともないし何ならちょっと快適だ。

至近距離《きょり》で密着している彼の顔は見られないけど。

しばらくして会場らしき場所に着いたことで天国のような、ある意味地獄《じごく》のような時間は終わった。

辺りはすっかり暗くなり人の気配もするが、人がいるわりには静かだ。

「ずいぶん静かだね」

「この祭りはまず静かにオーロラを見る事から始まるんだ。オーロラは一時間程度で消えてしまうから、出店なんかが出るのはそれからだな」

「そうなんだ」

「少し歩くが大丈夫か？　毎年俺が見ている静かに見られる場所に移動しよう」

「穴場、ってこと？」

「そうなるな。行こう」

当然のように繋《つな》がれた手が少し嬉しい。

坂になっている場所をイルに引っ張ってもらいながら上がって、小高い丘《おか》の上に出た。

微《かす》かにあった人の気配も全然感じない。

丘に生える木々の中にポッカリと開いた場所。

「すごいね。ここからだけきれいに空が見える」

「ああ、以前幼馴染《おさななじ》みが教えてくれたんだ」

「その幼馴染みさんは来ないの？」

「あいつは副団長だからな、毎年俺と交代で王たちの警備を担当している。まあ、あいつは警護対象の王女と結婚《けっこん》間近だからどちらでもいいと言っていたが」

「あ、ああそうなんだ。じゃあそのうち国からおめでたい発表があるんだね」

「そうなるな」

なんだ、幼馴染みって男の人なのか、そう思った時点でもう自分がどっぷり恋愛にはまっている事に気が付く。

幼馴染みと聞いただけで、幼馴染みの女の子と見に来たのかな、なんて一瞬で考えた自分が嫌《いや》になった。

こういう要素も恋愛を面倒《めんどう》だと思っていた理由だったのに。

まさか別の世界でここまで想《おも》う相手ができるなんて、前の世界で過ごしていた自分からは想像もできない。

恋愛事は面倒で、恋人《こいびと》に割《さ》く時間があるくらいなら本を読んでいたかった。

誰《だれ》かのために何かする時間を勿体《もったい》ないと思っていた私が、いつのまにか彼のために時間を割くのを楽しいと思っている。

そっと見上げた空にはまだオーロラは出ていない。

森の中、二人で立って空を見上げる。

繋がれたままの手が熱い。

もう目的地には到着《とうちゃく》したが、握《にぎ》っていなくても良いはずの手が離《はな》れる気配はない。

彼に想われているという感覚はある。

この繋がれたままの手はそれにほんの少しの可能性を追加してくれる気がした。

期待しても良いのだろうか、彼もこの手を離したくないと思ってくれていると。

そう言ったイルの言葉に空をじっと見つめる。

「そろそろだ」

それは言葉にできない光景だった。

空の端《はし》から端まで、高い所も低い所も全《すべ》て光のカーテンに覆《おお》い尽《つ》くされる。

刺《さ》すような冷たさのおかげで強く輝《かがや》いていた満天の星を、ユラユラと光の洪水《こうずい》の様に埋《う》め尽くしていくオーロラ。

私の生まれた世界のものとは原理などは違うのかもしれないが、写真や動画で見た事のあるものと同じだ。

けれどその迫力《はくりょく》は全く違う。

目に入る空すべてが美しいベールで覆われて、息をするのを忘れるくらいその光景に心奪《こころうば》われた。

目の前に広がる天然のスクリーンから目が離せず、じっと見つめ続ける。

この国には、私が住むこの場所には、こんな光景があるんだ。

どこか他人事《ひとごと》だったこの国の事が、ようやく自分にも関係があると自覚できた気がする。

呆然《ぼうぜん》としていた時間はどれくらいだっただろう。

空の光のカーテンは消える事無く揺らめいている。

不意に何か感じたような気がして、空から目を離して横を見た。

優《やさ》しい顔でこちらを見つめるイルと目が合う。

「気に入ったか?」

「すごく。連れて来てくれてありがとう、イル」

「気に入ってくれたなら良かった」

優しく微笑むイルの顔の向こうにオーロラが見える。

それがすごく貴重で、大切なものを見ている気がして、何故《なぜ》か涙《なみだ》が出そうになった。

ああ、駄目《だめ》だ。

やっぱり私、この人の事が好きなんだ。

繋がれた手が今まで以上に強く握りしめられる。

目の前で微笑《ほほえ》むイルの口が何か言おうとしたのか少し開いた時。

今までの静寂《せいじゃく》をかき消すようにあたりに轟音《ごうおん》が鳴り響《ひび》いた。

驚《おど》いて跳《は》ねた体がグッとイルの方に引き寄せられ、彼の胸に沈《しず》み込むように背中に腕が回される。

ドキドキしている余裕《よゆう》なんてないくらいに地面が揺れて、必死にイルにしがみついた。

ようやく顔を上げれば、真っ赤に染まった空が見える。

うっすらと残る光のカーテンを突《つ》き破るように、こちらへ目掛《めが》けて燃え盛る大きな岩が降り注いできた。

「ひっ！」

目前に迫《せま》る岩が見えているのに、体が硬直《こうちょく》して動かない。

体がさらに強く引き寄せられ、イルの腕が空へ向かって突き出されたのが見えた。

彼の腕の先から水の玉が弾《はじ》き出され、降ってきた岩を弾き飛ばす。

「ツキナ、平気か！」

「だ、いじょうぶ」

それだけ言うのが精一杯《せいいっぱい》だった。

ああ、だから私は救世主にはなれないと言ったんだ。
今の私には魔法《まほう》もあって、結界を張る事もできるし彼のように水を出す事もできる。
けれど自分に迫った危機に咄嗟《とっさ》に迎撃《げいげき》態勢をとる事なんてできない。
今も何をどうしたらいいのかなんてまったくわからない。
平和な世界で生まれ育ってきた私は、情けない事にただ震《ふる》えて固まるだけだ。
これは本の中の世界でもゲームの中の世界でもない。
物語の勇者の様に、自分の頭の中で想像するような理想通りになんて動けない。
どうしようもなくいきなり災害に巻き込まれたような、そんな現実だ。
「いったい何が……」
油断なく辺りを見回すイルの胸元《むなもと》から誰かの声が響いてくる。
辺りを警戒《けいかい》しながらイルが取り出したのは通信機のようだった。
『イル、無事か！』
「ベオークか、俺は無事だ。そっちはどうだ、何があった？」
『救世主だ！　あいつやりやがった！』
通信機の向こうから聞こえてきた言葉がお腹《なか》の底に突き刺さった気がした。
空を見上げれば、赤い空の向こうにうっすらと魔法陣《まほうじん》が見える。
資料に載《の》っていたものと同じ、救世主の刻印が組み込まれた魔力《まりょく》暴走の魔法陣だ。

同じ様に空を見上げたイルが刻印に気が付き、通信機の向こうに向かって大きな声を上げる。

「どういうことだ！」

『王子が説得すると言っていただろう、どうやら救世主サマは魔法の勉強をするくらいならこの国を滅《ほろ》ぼした方がマシらしいぜ！　最高の救世主サマだよ！』

苛《いら》ついたような通話相手の皮肉交じりの声が響く中、その彼の後ろから小さく高い声が響いて来る。

『なんで、どうして！　パパもママもあたしのやりたいようにやって良いって言ってたもの！　嫌なことはしなくていいって言ってたもん！　みんな、みんな、あたしが嫌だって言ってるのに勉強させようとして！　部屋に閉じ込めて！　あたしは悪くなっ』

まるで子供のような駄々《だだ》をこねる声が聞こえ、しかし鈍《にぶ》い音がその声を途切《とぎ》れさせる。

「おいベオーク、どうした！」

『王子が救世主を刺した……っ王子、お下がりを！　くそっ、イル、救世主は生きている！　魔法の第二波が来るぞ！』

「おい、おい！　ベオーク？」

その声と共にガガッという音と爆音《ばくおん》が聞こえ、通信が途絶《とだ》える。

少し離れた場所からたくさんの悲鳴が聞こえる。

まるで地獄《じごく》の光景のように空から炎《ほのお》を纏《まと》った岩が、眼下に広がる森に落下していく。

頭上に大きな影《かげ》がかかり、喉《のど》から小さな悲鳴が出た。

「っ！」

もう一度迫ってきた岩を魔法で弾き飛ばしたイルが顔をゆがめて叫《さけ》ぶ。

「何が、何が救世主だ！　お前が俺たちの何を救ってくれた！　奪《うば》うだけ奪って、自分の欲望《よくぼう》のままに振《ふ》る舞《ま》っていただけじゃないか！」

彼の激昂《げきこう》した姿なんて初めて見た気がする。

それでも私に岩が当たらないように庇《かば》いながら魔法で弾き飛ばしていく彼のやさしさに泣きそうになった。

胸の奥が熱い。

私は何をやっているんだろう。

胸の中の熱さとは逆に、頭の中がスッと冷える。

震えが止まる。

頭の中にあの日の神様との会話がフラッシュバックする。

『例えば魔力の暴走が起こっても君が結界魔法で守る事ができれば、国は滅びないまま彼女だけを回収することは可能だ。結果的に国が助かったとしても滅ぼしかねない災害は起こっているわけだからな』

『先ほども言ったがどんな選択《せんたく》をするかは君の自由だ。生きたいように生きるといい』

息を荒《あら》らげながら、私を庇いながら、何か手は無いかと辺りを見回すイルを見つめる。

彼の熱いくらいの体温を感じて、ちゃんと守られているのがわかる。

この世界に来て、唯一《ゆいいつ》出会って、好きになった人。

ああ、嫌《きら》われちゃうかな。

「ねえ、イル」

「どうした、ケガでもしたか？」

心配そうにこちらへ視線を向けてくる彼に笑いかける。

よく知らない誰《だれ》かのために行動する事はできなくても、彼のためならば。

大丈夫《だいじょうぶ》、今私は守られている。

私が魔法を発動するまでに死ぬ事は無いだろう。

いつだって彼は私に安心をくれる。

「私、あなたの事が好きです。一人の男の人として」

「……は？」

驚いたように、信じられないものを見るように、こちらを見つめてくる彼にまた笑う。

嫌わないで、嫌いにならないでと心が叫んでいる。

「だから、無理かもしれないけど、嫌いにならないでくれると嬉《うれ》しい」

ボロボロと涙《なみだ》がこぼれてくる。

いい大人が感情のコントロールもできないなんて情けない。

ゆるんだ彼の腕《うで》の中から抜《ぬ》け出して、そっと手の平を空へと向ける。

できるなら、許されるなら、ずっと隠《かく》したままあなたと笑っていたかった。

指先に魔力がこもる。

視界の隅《すみ》で揺《ゆ》れる自分の髪《かみ》が光を帯びていくのがわかる。

驚いたような彼の視線が私の顔から頭上へ、浮《う》かび上がっているであろう救世主の証《あかし》である刻印に移動する。

軽く手を振《ふ》り、集めた魔力を空へと放つ。

あの女の子の魔法陣の下に私の魔法陣が展開し、凄《すさ》まじいスピードで広がっていく。

彼女の暴走の赤い光を、大魔法の銀色の結界が弾き飛ばしながら消し去っていく。

加えて結界から降り注ぐ光が破壊《はかい》された森を癒《いや》していくのを見て、おそらく人間の怪我《けが》も治しているだろう事も推測できた。

脳内に神様の声が響《ひび》く。

『彼女は回収していく。この世界を守ってくれてありがとう。すまなかった』

あなたのためじゃないよ、そう心の中で呟《つぶや》いてイルの方へ向き直る。

魔力の放出は止まり、刻印は光ごと消えた。

空には結界が残ったままだ。

救世主が張った証である刻印が組み込まれた魔法陣と共に。

驚《おどろ》いたように動かない彼を見つめて、口を開いた。

「隠しててごめん、お祭り本当に楽しかった。連れて来てくれてありがとう」

「ツ、キナ、その刻印は、大魔法は、君も、救世主？」

「お店に帰るね。もう彼女の魔法は消えたとは思うけど、あなたも気をつけて帰って」

彼の反応を待つのが怖《こわ》くてそのまま踵《きびす》を返し、持っていた転移魔法の媒介《ばいかい》を握《にぎ》りしめる。

一瞬《いっしゅん》の浮遊感《ふゆうかん》の後、見慣れた店内に転移していた。

ふっと体から力が抜けてその場に座り込む。

目の前がくらくらするのは感情からだろうか、いや。

大魔法は一発放つだけで数日は魔力不足で寝込《ねこ》むと神様が言っていた。

ただ、一度発動してしまえばあの結界の大魔法は数十年持つらしいから、この国はしばらく安泰《あんたい》だろうけれど。

腕を使って体を引きずる様に移動して、店のソファ席に体を引き上げてから投げ出した。

柔《やわ》らかい感触《かんしょく》が背中に広がって大きなため息が漏《も》れる。

知られてしまった、もう彼は来ないだろうか。

来たとしても城の使者としてかもしれない。

救世主の存在を国が放《ほう》っておいてくれるとも思えない。

「私、何も、できないのに……」

今日だってイルの腕の中で守られていたからこそ、大好きな人が悲しんでいたからこそ動けただけだ。

そう、大好きな……

視界にあった天井《てんじょう》のライトが滲《にじ》んで見えなくなる。

もうあの穏《おだ》やかな時間は一緒《いっしょ》に過ごせないだろう。

その場の空気に流されたように、そしてどうせ最後だしと開き直って告白までしてきてしまったが、やめた方が良かったかもしれない。

優《やさ》しい彼が変に気にしないといいのだけれど。

最後、最後。

告白しようと思っていたのに、さっきまでは確かに幸せだったのに。

救世主であることを黙《だま》っていた罰《ばち》が当たったのだろうか。

罰を当てるのが神様なら、私はあの神様の横っ面《つら》を一発殴《なぐ》っても許される気がする。

「眠《ねむ》い……魔力《まりょく》、足りない」

視界が暗転して、深い眠りへと誘導《ゆうどう》される感覚。

この眠りから目が覚めた時、何か変わっているのだろうか。

そう考えて目を閉じたのだが、結論から言うと目が覚めても何も変わらなかった。

店には私一人きり、イルも来ない。

魔力もなまじ量が多い分、完全に回復するまで時間がかかるのか少しずつしか回復しない。

あの日から三日ほど経《た》ったが、一日のほとんどを回復のための睡眠《すいみん》に費《つい》やすことになっている。

いつ意識を失うかもわからないので、二階の自宅スペースにすら上がれない。

まさかこんな形で個室席を使う日が来るとは思わなかった。

ペンダントから出したご飯を食べて、個室席にあるシャワーだけさっと浴びては眠る日々。

何度目かの眠りの後、もう寝すぎて日付の感覚すら危《あや》うい状態でカウンターへ突《つ》っ伏《ぷ》した。

いきなり襲《おそ》ってくる眠気《ねむけ》にはまだ慣れない。

店を開けるどころの話じゃない、開けても誰も来ないけれど。

そろそろ城から使者が来てもおかしくは無いと思うのだが、扉《とびら》は閉《と》ざされたまま開く気配が無い。

余計な事を考えなくてすむのは良いけれど、ともかく体がだるかった。

くらりと襲って来ためまいをどうする事もできずに、もう一度ソファへ移動して横になる。

眠る時間は短くなっているから二、三時間で起きられるだろう。

睡魔《すいま》に身をゆだねて目を閉じる。

抗《あらが》えない睡魔は面倒《めんどう》だけれど、寂《さび》しい店内を見なくてすむから今の私には少しだけありがたかった。


ふっと意識が浮上《ふじょう》する。

いつになったらこの睡魔は去るのだろうか。

開けたばかりの目ではぼんやりとしか見えず、けれど気が付いた事が一つ。

なんだろう、いいにおいがする。

花の香《かお》りの様な不思議な香りを感じて、一度目を閉じてからゆっくりと目を開ける。

少しぼやけた視界の向こうが赤い。

この辺りに赤いものなんて置いていただろうか。

若干《じゃっかん》ふらつく頭を押さえながら体を起こす。

「起きたのか？」

久しぶりに聞く声に、頭が一気に覚醒《かくせい》した。

どうやって祭りの会場から戻《もど》って来たのかはよく覚えていない。

馬に乗った記憶《きおく》はあるから完全に馬任せで帰って来たのだろう、頼《たよ》りになる馬だ。

救世主の少女を刺《さ》した王子は、自分のせいで国を亡《ほろ》ぼすところだったと自ら処分を求めた。

しかし自分の手で片を付けようと少女に剣《けん》を向けた王子に極刑《きょっけい》を望む者は誰《だれ》一人おらず、数年間城の奥での謹慎《きんしん》と様々な勉強のやり直しをする事になった。

なによりも国中がもう一人の救世主を探すのに躍起《やっき》になっている。

空を見上げれば昔から伝わる大魔法《だいまほう》の内の一つ、範囲《はんい》内の味方を癒し一切《いっさい》の攻撃《こうげき》を通さない巨大《きょだい》な結界がこの国を囲う様に広がっている。

あの少女の作り出したまがまがしい赤い光ではなく、優しい銀色の光だ。

俺が、俺だけがこの結界を張った人間を知っている。

あれだけ嫌悪感《けんおかん》を示していた救世主という存在が、まさか彼女にも当てはまるとは思わなかった。

『だから、無理かもしれないけど、嫌《きら》いにならないでくれると嬉しい』

彼女の泣き笑いの顔が頭から離《はな》れない。

あれから三日、まだ俺は動けずにいる。

あの騒動《そうどう》の後始末が大量にあるのは事実だ。

だが、何よりも己《おのれ》がどうしたいのかが分からない。

深く考えすぎて目の前の書類すら処理が進まない中、部屋にノックの音が響く。

ドアを開けて入ってきたベオークが俺の顔を見てため息を吐《は》いた。

「何のため息だそれは」

「意気揚々《いきようよう》と告白をしに行ったはずのお前が、俺に何の報告もしないどころか沈《しず》み込んでいる事へのため息だ。告白が失敗したわけじゃなさそうだしな」

「……それは」

「救世主騒動で告白できなかったのか？」

「そう、だな。いや、彼女の方からされた」

「は？　いやお前、男として告白くらい自分からしろよ。俺だって最終的には自分から王女に告白したぞ。まあ、いい。なら両想《りょうおも》いだろうが。なんで沈んでいるんだ」

「返事をしていない」

「はあ？　ああ、あの救世主の攻撃のせいか」

「それもあるが……」

「よくわからんが、俺としてはあの女性がお前の恋人《こいびと》になってくれるなら万々歳《ばんばんざい》なんだが。彼女の結界玉のおかげで、今回の騒動での死者は奇跡《きせき》的に一人も無しだからな」

無言のままの俺に首を傾《かし》げたベオークが、呆《あき》れたような口調で続ける。

「いったい何が引っかかっているんだ？　返事がまだならさっさと会いに行ってしてくればいいだろう。今更《いまさら》自分の気持ちがわからなくなったとでも言う気か？」

「そうだと言ったら？」

「おいおい、お前昔から気になるものの事は際限なく考え込むくせに、興味を失ったものの事はいっそ清々《すがすが》しいくらいに考えるのを止《や》めるじゃないか。お前が気にしてるってことはその女性の事が気になってるって事だろう？　自分の気持ちがわからないなら彼女に他《ほか》に恋人ができた時の事でも考えてみたらどうだ？」

ベオークの言葉通りに考えてみる。

彼女の横に自分の知らない男が立つ光景。

知らない男はあの日店にいた男へと変わり、感じたのは強い不快感だった。

「……絶対にごめんだ、ベオーク、すまないが今日はこのまま休ませてくれ！」

「お前最近勢いが凄《すご》いな。まあいいさ、他ならぬ幼馴染《おさななじ》みの恋路《こいじ》のためだ。王女との仲を取り持ってもらった恩もある。仕事は代わってやるから花束の一つでも持ってさっさと会いに行ってこい。また悩《なや》んで止まるようなら今度は俺が氷の浮《う》かぶ池にお前を突き落としてやるよ」

ベオークの目が愉快《ゆかい》そうに細められる。

王女との恋《こい》にうじうじと悩んでいたベオークの背を叩《たた》いた拍子《ひょうし》に池に突き落としてしまった事をまだ覚えているらしい。

「それは流石《さすが》に勘弁《かんべん》してくれ。ありがとう、行ってくる」

「感謝の証《しるし》は無事恋人になった彼女を俺に紹介《しょうかい》してくれればそれでいいさ。お前の心を射止めた女性のことは俺も王女も気になっているからな」

そう言って笑うベオークに見送られ、馬を飛ばす。

あの日から会っていない彼女は店にいてくれるだろうか。

途端《とたん》に不安になった俺の心を読んだように馬のスピードが上がる。

「本当に良い馬だな、お前は」

ベオークのアドバイス通りに真っ赤な花を買い、店へと急ぐ。

いつも通り、けれど焦《あせ》りで震《ふる》えてしまう手で運動場に馬を入れ、はやる鼓動《こどう》と不安を抑《おさ》えながらドアに手をかければ、いつも通り扉は簡単に開いた。

いつものいらっしゃいませという声は聞こえない。

まさか店から出ていってしまったとでもいうのだろうか。

そっと覗《のぞ》いた店内に人影《ひとかげ》は見えず、心臓が大きく音を立てる。

店内に足を踏《ふ》み入れて店中を見回す。

心臓がうるさい、彼女はどこにいるのだろう。

数度視線を往復させて、隅《すみ》にあるソファの上に彼女を見つけた。
眠《ねむ》っている事に気が付き、静かに傍《そば》へと近づく。
見てすぐにわかるくらいには魔力《まりょく》が著《いちじる》しく少ない。
大魔法を使ったからだろうか。
ならばこれは回復のための睡眠《すいみん》だろう。
彼女を起こさないようにソファの空いている部分に腰掛《こしか》ける。
目が覚めたら、今度こそ俺から伝えよう。
だからどうか、まだ俺の事を好きでいてくれ。
そっと彼女の頬《ほお》を撫《な》で、目覚めの時を待った。

最終章　新しく生きるこの世界で

飛び起きて見つめた先には気まずそうに、それでも優《やさ》しく笑う見慣れた彼の姿。

次いで彼が抱《かか》える赤い巨大な花束が目に入る。

さっき見えた赤いものや感じた香《かお》りはこれだったのか。

「イル？」

「ああ、その……とりあえず、貰《もら》ってくれないか？」

「え、え？」

頭が働いていない隙《すき》に、膝《ひざ》の上に置かれるように花束を渡《わた》される。

私がパニックになっているのを知ってか知らずか、そのまま手を握《にぎ》りこまれた。

久しぶりの彼の手の感覚。

まっすぐな視線は、以前と変わらず意志の強さと優しさを感じさせる。

救世主だと知ったはずなのに、私を拒絶《きょぜつ》する感情も読み取れず、店内には彼しかいない。

私の手を握っていない方の手が私の頬にそっと当てられて、一気に頬が紅潮した。

覗き込むように私の目を見つめる彼から目が離せない。

「先を越《こ》されてしまったが、俺もあの日君に伝える予定だったんだ。一応言っておくが、俺は君が救世主だという事を誰《だれ》にも話していないし、君が俺にどういう返事をしても言うつもりはない」

ふわりと笑う顔は、あの時の、オーロラを見ていた時と全く同じものだった。

「俺は、君の事が好きなんだ。まだ間に合うなら、俺を想《おも》ってくれているなら、俺と結婚《けっこん》を前提に付き合ってほしい」

何を言われているのか理解が追い付かないのは、魔力不足のせいなのか、それとも思ってもいなかった事を言われたからだろうか。

言われたセリフを何度も頭の中でリピートして、理解した瞬間《しゅんかん》さらに顔に熱が集まる。

「望みはあると思っても良いのか？」

思わず引こうとした体はがっしりとつかまれた手に阻《はば》まれる。

私の好きな大きな手。

「私、あなたにずっと隠《かく》し事をしていたのに？」

「救世主の事か？　あの時は驚《おどろ》いたが、落ち着いて考えてみれば君の魔力の強さや、幼い子供でも知っているオーロラ祭りを知らなかった事で気が付くべきだったとは思ったな」

「えっと、その、もし私に何か協力してほしいとかそういう事なら別に、」

「そういう気持ちは自分でも意外なくらい全く無いな。俺がなぜ君が救世主だという事を周りに話さないかわかるか？　はっきり言うが君は国中から探されているぞ」

「えっ？」

「空に浮かんだ大魔法《だいまほう》の結界で、救世主があの少女以外にもいた事は皆《みな》わかっているからな。国としては探し出して正式に迎《むか》え入れたいようだ」

「……っ」

やっぱり、予想が当たってしまった事にどうしようと心がざわつく。

私の表情を見たイルの笑《え》みが苦笑《くしょう》に変わった。

「ツキナ、別の世界から来た君は知らないかもしれないが、この世界は当人たちが納得《なっとく》していれば一夫多妻でも一妻多夫でも許されるんだ。大魔法を使える救世主ともなれば、他国から結婚相手の候補が複数来ることも考えられる。どの国も救世主との繋《つな》がりは喉《のど》から手が出るほどに欲《ほっ》しているものだからな」

「……えっ！」

「俺はそれが嫌《いや》だ。君は俺だけのものにしておきたい。自分でも信じられないが、そのためだけに君の正体を黙《だま》っている」

顔から熱が引かない、摑《つか》まれた手も熱い。

このまま死んでもおかしくないくらいに心臓がバクバクしている。

「……私で良いの？」

「君が良い、だからここに来たんだ」

眠りにつく前まで諦《あきら》めていたイルの笑顔が目の前にある。

滲《にじ》み始めた視界を堪《こら》える様に、頬に添《そ》えられた手に自分の手を重ねた。

こんな状況《じょうきょう》になるなんて、全くの想定外だった。

けれど心を埋《う》めているのは幸福な気持ちだけだ。

「私の気持ちは変わってないです。その、どうぞよろしくお願いします……」

言葉の最後の方はもうほとんど呟《つぶや》くような声になっていたと思う。

それでも嬉《うれ》しそうに笑ってくれたイルの顔を見て、両想いの実感が湧《わ》いてくる。

どこを見たらいいのかわからなくて、膝の上の花束を見つめた。

こんな大きな花束を貰ったのは初めてだ。

赤い花を見つめていると、不意に花の輪郭《りんかく》が歪《ゆが》む。

タイミング悪いなあ、と思いながらもまた睡魔《すいま》に襲《おそ》われる。

「まだ魔力が回復していないんだろう？　休むと良い」

「でも、せっかくイルが久しぶりに来てくれたのに」

そう言いながらも視界が暗くなるのを止められない。

「今日は休みをもぎ取って来たんだ。君が起きてもまだここにいる。この国の平和がこれから先何十年も約束されたのは君の大魔法のおかげだ。ゆっくり回復させると良い」

起きたらまた色々話そう、そう言って笑うイルの顔を見ながら目を閉じる。

ゆっくり頭を撫でられる感覚が心地好《ここちよ》い。

もう帰ってこないと思っていた日々が、さらに幸せになって戻《もど》ってきたことを実感しながら襲ってくる睡魔に身を任せる。

「この国に平和をありがとう、俺の救世主様」

「やだ、なに、それ……」

どこかふざけたような言い方の彼のセリフに笑ったところで、私の意識は途切《とぎ》れた。

結局イルは本当に私の事を国に話さなかった。

ただ自分の恋人《こいびと》として彼の幼馴染《おさななじ》みに紹介《しょうかい》はされたが。

以前町ですごい勢いで走って来た金髪《きんぱつ》の男性は、あの時通信機の向こうで話していた人だ。

イルとはタイプの違《ちが》う正統派なイケメンだった。

あの顔はモテるだろう、王女様と結婚間近らしいけれど。

そしてあの日以来変わった事、私とイルの関係が正式に婚約《こんやく》者になった事。

イルのご両親にも挨拶《あいさつ》させてもらった。

ここよりもずっと雪深い、けれど温かな村、彼の生まれ故郷に連れて行ってもらったのだ。

結婚の挨拶という事で緊張《きんちょう》していた私の思いを吹《ふ》き飛ばすように、イルの両親は歓迎《かんげい》してくれた。

歓迎どころか大歓迎と言っても良い程《ほど》だった。

結婚はあきらめていたのにと盛大に泣かれ、礼を言われ続けること数時間。

ご両親が泣いている間ずっと死んだ魚のような目をしていたイルの横で、必死に彼らを宥《なだ》めるはめになってしまった。

幼い頃《ころ》に両親を亡《な》くした私にとって、久しぶりにできた父と母だ。

まさか生まれた世界とは別の世界で新しく家族が増えることになるなんて思ってもみなかった。

時折訪ねる私におかえり、と言って迎えてくれる彼らも私にとっては大切な人になった。

もう一つの私の家、私の家族。

イルは生活の拠点《きょてん》を私の店に移し、ここから城へ通うようになった。

結婚前の同棲《どうせい》というやつだ。

私は騎士《きし》団に結界玉や回復効果付きの飲み物を卸《おろ》す仕事を追加で始めることにした。

救世主という事は公表できなくても、私が住むこの国の人達のためにできる事はある。

私が納めるアイテムは騎士団では重宝されているらしく、団長の妻になる女性、という事もあって良くしてもらっている。

異世界で出会った大切な人、好きになった人におかえりと言える幸せを噛《か》みしめながら、救世主である事を隠す生活は続いていく。

結界はあるが、魔物《まもの》が全滅《ぜんめつ》したわけではないし、魔王《まおう》と呼ばれる存在もいる。

それでも、我が儘《まま》で申し訳ないが今の幸せがあふれる生活を変えるつもりは無い。

だから他《ほか》の国にいる救世主様、もしくはこれから召喚《しょうかん》されるであろう新しい救世主様方。

この世界の平和を守る任務はお任せします。

私は今ここにある幸せを守るので手《て》一杯《いっぱい》なので。

「ただいま、ツキナ」

「おかえり、イル」

優《やさ》しく微笑《ほほえ》む彼の顔を見ながら幸せを噛みしめる。

これからずっと、死ぬまでこの世界で生きていく。

でも、ごめんなさい。

救世主のお役目は若い人にお任せ、という事で。

本の山に美味《おい》しい食事、アンティークの置き物に座り心地の好い椅子《いす》。

この世界で始めた夢を詰《っ》め込んだ私のブックカフェに、心から愛する人が追加された。

この異世界で、理想のお店で、私はこれからずっと愛する人と共に生きていく。

特別編　あなたが生まれ、共に生きていく世界

店のある場所よりもずっと深い雪が積もる森の中。

いくつかの住居が並んでいるのが見えてきて、寒さと一緒《いっしょ》に緊張もほぐすように手をこすり合わせた。

それでも残る緊張を何とかしたくてお腹《なか》の底から吐《は》き出した息が視界を白く覆《おお》う。

「そんなに緊張しなくても大丈夫《だいじょうぶ》だ」

馬上で後ろから私を支えるイルが苦笑《くしょう》しながらそう言ってくれるが、こればかりは仕方がない。

木々に囲まれた、雪が積もって真っ白な村がイルの生まれた場所だ。

今日ここに来たのはイルのご両親に会うため。

結婚《けっこん》の挨拶というか、ご両親との顔合わせというか。

イルとの同棲を始める前に、ひとまず挨拶をすることになったのだ。

ここに私を連れて来る事はイルがあらかじめ連絡《れんらく》を入れてくれていたし、楽しみに待っているという返事も頂いている。

けれど恋人の家族に、しかも結婚前提で紹介されるなんて初めての体験に緊張しないはずもなく。

おまけに村の位置や天候の事もあり、今日は泊《と》まっていく事になっている。

初めての挨拶で彼の実家へ一泊《いっぱく》、失礼ではないだろうかと不安しかない。

ここに来る事が決まった時から色々なマナーの本やこの世界の結婚について書かれた本を読み漁《あさ》っていたくらい、ずっと緊張しっぱなしだ。

マナーの本も本によって書かれている事は違うし、イルは普通《ふつう》にしてくれればいいとしか言わないし。

「手土産《てみやげ》用のお菓子《かし》って本当にこれで良かったのかな。服とかもおかしくない？」

「……ツキナ、そのセリフは今日だけで五回目だぞ」

若干呆れ《じゃっかんあき》を含《ふく》みつつも可笑《おか》しそうに笑うイルのおかげで多少は緊張がほぐれるが、もうこればかりは挨拶が終わるまで解決しそうにない。

お菓子だって十回以上考え直しては違う物に変えてを繰《く》り返していたのに。

最終的にご両親の大好物であるという、城下町の老舗《しにせ》で買った菓子折《かしお》りに決めたのだが。

「だって……もしもイルが私の両親に挨拶する事になったらやっぱり緊張するでしょう？」

「少なくとも今の君の倍以上緊張している自信ならあるな。だがせめて君のご両親の墓の前でもいいから挨拶はしておきたかったとも思う」

「世界すら違うからね。でも多分両親も、祖父や祖母も喜んでくれると思うよ」

「だといいが。いや、喜んでもらえる様に俺が努力するさ」

「ならイルのご両親にも喜んでもらえるように私も努力する」

イルと話している内にたどり着いた一軒《いっけん》の家の前。

屋根に積もった雪の隙間《すきま》から、少し落ち着いた印象を受ける濃《こ》い茶色の屋根が見える。

壁《かべ》は白と薄《うす》い茶色のレンガで形成されており、煙突《えんとつ》からは細く煙《けむり》が出ていた。

周囲の家と同じ様にこぢんまりとした平屋からは温かい雰囲気《ふんいき》を感じる。

家の前にある廏《うまや》に馬を入れるイルの横に立ちつつ、増してきた緊張感《きんちょうかん》をごまかすように馬の顔を撫《な》でた。

すり寄ってくれた馬のおかげでまた少し緊張が緩和《かんわ》されるような気がして、もう一度息を吐き出す。

「どうしよう、アトラと一緒にしばらくここにいたい」

どこかイルに似ている彼の愛馬、アトラ。

イルと恋人になってから、乗せてもらう事が増えたせいか前よりもずいぶん私に懐《なつ》いてくれた。

最近は一人で乗れるようになりたいなんて思って、イルに見守ってもらいながらだが、アトラに乗馬の練習に付き合ってもらうこともある。

アトラの名前はアトラスという単語から取ったらしい。

元の世界では地図帳という意味がある言葉は、この世界でも同じ意味を持つ。

世界を移動する手段の馬に、本好きのイルがつけた名前。

名づける時にしばらく迷ったらしいのだが、本に少しでも関係するようにこの名前にしたとか。

そのままアトラを撫でまわしていると、イルから行こうと声を掛《か》けられる。

ついに来てしまった。

来たくなかったわけではない、むしろ楽しみではあるのだが気持ちとは裏腹に足が重い。

心臓から聞こえる鼓動《こどう》がどくどくと大きな音を立てている。

私をじっと見つめるアトラに見送られて廏を出た。

一歩前を歩くイルが玄関《げんかん》の扉《とびら》を開けたあたりで緊張から倒《たお》れそうになったが、必死に堪《こら》えて彼と共に家の中へ足を踏《ふ》み入れる。

「ただいま」

そう口にした彼の横顔を見つめる。

そうか、ここが彼の家なのだとどこか不思議な気持ちがこみ上げた。

イルが生まれ育った家、そう思うだけでなんだかとても大切な場所だと思えてくる。

パタパタと足音が二人分聞こえて来て、玄関先に二人の男女が現れた。

おかえり、おかえりなさい、重なる二つの声。

白髪《しらが》交じりの黒い短髪《たんぱつ》の男性は雰囲気がイルによく似ていて、落ち着いた印象を受けた。

身長がイルよりも高く、背筋がまっすぐに伸《の》びて姿勢が良い。

隣《となり》に立つ小柄《こがら》な黒髪《くろかみ》の女性は嬉《うれ》しそうに笑っているが、その瞳《ひとみ》はイルと同じ色だった。

明るい笑顔《えがお》の女性、すごく優《やさ》しそうな人だ。

「……玄関先で出迎《でむか》えられるのは初めてだな」

呆れたようにそう言ったイルが少し横に避《よ》けて、私の背を軽く押してくれる。

その手に勇気づけられるように一歩前へ出てイルの隣に並んだ。

「初めまして、その、ツキナと申します」

色々考えていた挨拶《あいさつ》はすべて頭の中から吹《ふ》き飛び、ようやくそれだけ言って軽く頭を下げる。

一拍《いっぱく》おいて顔を上げると、パアッと顔を明るくさせたイルの母親が、隣に立っていた父親の服の袖《そで》を引いていたところだった。

「あなた、あなた、本当だったわ。本当にイルが女性を連れてきたわ」

「ああ、良かった」

「良かった？」

父親の言葉に疑問を覚えたらしいイルが聞き返すと、ご両親は二人で顔を見合わせる。

なんだか仲が良さそうで、見ていて気持ちのいい二人だ。

「いや、お前が結婚したい人がいるから連れて来る、と言った時は母さんと手を取り合って喜んだのだが」

「イルの事だからもしかして俺は本と添《そ》い遂《と》げることにした、とか言って本を持って来てもおかしくないかなって」

「そんなわけないだろうが……！」

イルの額に青筋が浮《う》かんでいる所は初めて見たが、確かにすごい言われようだ。

気まずそうに笑うご両親に、二人の中での俺はどうなっているのだと食って掛かるイル。

初めて見る表情、いつも大人びた彼が少しだけ子供に戻《もど》る瞬間《しゅんかん》。

貴重なものを、そしてとても大切なものを見た気がしてこっそりと笑った。

寒い玄関先で話す事でもないからと家の中に通されて、テーブル越《ご》しにご両親と向き合う。

隣にはイルが座っているし、さっきのやり取りでいくらかだが緊張は取れた。

持ってきた菓子折りはすごく喜んでもらえたし、先ほどから二人とも物凄《ものすご》い笑顔だ。

好意的ではあるが視線が痛い。

あの、と私が声を出したところでイルの母親の瞳からポロッと涙《なみだ》が零《こぼ》れた。

ぎょっとして言葉を発する暇《ひま》もなく、ガシリと手を握《にぎ》りこまれる。

「……っ、ありがとうね！　もう、もう絶対イルは結婚しないと思っていたから本当に嬉しいわ」

「ああ、このままだと本に埋《う》まって独り身のまま人生を終えそうで、だが強制するわけにもいかず諦《あきら》めていたんだ。結婚《けっこん》だけが幸せな道でないとはわかってはいるがやはり心配でね」

母親に続いて父親も若干涙ぐみながら、ありがとうと繰り返される。

イルが見合いにすら行かずに断ったとか、結婚についてそれとなく聞いても今はする必要を感じないと言ったとか。

ボロボロと零れて来る愚痴《ぐち》の様なものにどう答えていいかわからず、そっと隣のイルの顔を見れば、死んだ魚のような目をしてご両親を見つめていた。

すごい、これも初めて見る表情だ。

私も若干現実逃避《とうひ》の様な考えをしつつ、ご両親を必死に宥《なだ》めながら彼らが泣き終わるのを待った。

そんな状況《じょうきょう》だったからか緊張など遠くへ吹き飛んでしまい、後は和気あいあいと話す事が出来たと思う。

少し心配していた結婚への反対など欠片《かけら》も無く、夕食を作るのを手伝えば娘《むすめ》も欲しかったのよと微笑《ほほえ》まれる。

鍋《なべ》から上がる湯気、雪国であるこの国は温かいスープが食卓《しょくたく》に上る事が多い。

いい香《かお》りのするスープを味見だと渡《わた》され、一口飲んでみる。

「小さい頃《ころ》からのあの子の好物なのよ」

これがイルの家庭の味、そう言えばイルが私のお店でよく注文していたスープの味とどこか似ている。

私が作るよりも深みを感じる味が喉《のど》を通って、体が少し温まった気がした。

「あの、レシピって教えてもらえます？　私、料理が好きで」

「ええ、もちろんよ！　次も一緒《いっしょ》に作りましょうね」

「はい！」

さっきよりも嬉しそうに笑ってくれたイルの母親と一緒に並ぶ台所。

母親という存在と並んで料理をするという行為《こうい》を、私は今生まれて初めて経験したのだと気が付いた。

温かくなる胸の奥とは裏腹に、なんだか少しだけ泣きたくなる。

それを隠《かく》すように笑って、他《ほか》にもイルが好きな料理を教えてくれるという彼の母親にお礼を言って手を動かした。

せっかく教えてくれるというのだから、イルに喜んでもらえるように彼の家庭の味を覚えたい。

私たちが料理をしている間イルは父親と話していたが、時折二人とも台所の方を覗《のぞ》いては私達が話しているのを嬉しそうに眺《なが》めている様だった。

久しぶりの家族の団欒《だんらん》というものに、どこか感傷的になりながらも幸せを噛《か》みしめる。

幼い頃に死んでしまった両親とは出来なかった事を、今大好きな人の両親と一緒に経験しているという不思議な感覚。

そして彼の両親と共に囲む賑《にぎ》やかな食卓は、私に祖父母と一緒に食べていた頃を思い出させた。

何故《なぜ》だろう、前の世界ではほとんど気にしていなかったのに、今日は妙《みょう》に家族の事を思い出す気がする。

そんな事を考えながらもいつもより賑やかに夕食を食べ終えてしばらくご両親と話した後に、イルが使っていたという部屋へ向かう。

いつもは城で暮らすイルだが、里帰りの際に使っていたとかで部屋はそのまま残っていた。

恋人《こいびと》の部屋に入るというドキドキ感がすごい。

部屋にある二人掛《が》けの黒いソファに並んで腰掛《こしか》けて、彼の部屋を見回す。

壁面《へきめん》一つ埋める天井《てんじょう》まである本棚《ほんだな》、その横の机には入りきらなかったであろう本が積まれている。

暗めの青いカーペットの敷《し》かれた部屋の隅《すみ》にはシンプルなベッド、そしてその横のサイドテーブルにも本が重ねて置かれていた。

どこかで見た事のある光景、部屋の色合いをクリーム色っぽくすれば前の世界での私の部屋とそっくりだ。

今でこそ広い一軒家《いっけんや》に一人暮らしという環境《かんきょう》だが、前の世界ではマンション暮らし。部屋一つ本棚だけで埋められるような贅沢《ぜいたく》は出来なかった。

「私の部屋もこんなだったなあ、部屋中本だらけのあたりが特に」

「収納先が無くなっても増やしてしまうからな。結局部屋の至る所に散らばる事になる」

「その内リビングとかにも広がっていくんだよね」

「そうだな、俺の場合は父の部屋にもこれくらいの本棚があって、そこにも入れさせてもらっていた。俺ほどのめり込んでは読まないが父も読書が好きだからな」

「それも同じ。祖父が本好きで蔵書が多くて。小さい頃は祖父の書斎《しょさい》に入るのがすごく好きだった。仕事が無い日に小さかった私じゃ読めない漢字だらけの本を読み聞かせてもらって。今思えばあの時間が好きだったから、本を読むのが好きになったんだと思う」

「そうだな、俺も父によく読んでくれとせがんでいた。両親もまさかその父を越《こ》えるくらいに読書にのめり込むことになるとは思わなかっただろうが」

幼い頃、祖父の膝《ひざ》の上で聞き入ったたくさんの物語。

あの優しい時間をイルも彼の家族と過ごしたのだろう。

「イルのご両親、仲が良いね。雰囲気《ふんいき》というか……二人の間に流れる空気、私凄《すご》く好き」

特にベタベタとくっついていた訳では無い。

ただ時折交《か》わし合う視線や掛《か》け合う言葉にお互《たが》いへの愛情がにじみ出ていて、見ているだけでなんだか幸せな気分になる二人だった。

私の言葉に少し苦笑《くしょう》したイルが少しの間の後に口を開く。

「本当は両親を安心させるために見合いをした方が良いのかと思った事もあったんだ。だがどうしても実行には移せなかった。読書の時間の方が大切だと思っていた事もあるが、家に帰ってあの二人を見ていると、見合いではなく恋愛結婚《れんあいけっこん》の方に憧《あこが》れてしまってな。結婚してから深めていく愛もあるかもしれない。だが両親は幼馴染《おさななじ》みで幼い頃からずっと共に育ち、自然に恋《こい》をして自然に結婚したとよく惚気《のろけ》られたよ。だから俺も結婚するならば好きになった女性とがいいと思っていた。今にして思えば周りに流されて見合いをしなくて良かったと思っている」

そう言って私を見るイルの瞳《ひとみ》から、イルのご両親がお互いを見る時の愛《いと》しさと似たようなものを感じて頬《ほお》に熱が集まる。

立場どころか生まれた世界すらも違《ちが》う彼との出会いは、奇跡《きせき》に奇跡を重ねて起こったようなものだ。

自分の価値観すら変えてしまった恋というものを、違う世界で生まれ育った彼としている。

「君の生まれ育った場所も見てみたかったな」

「うん、私もあなたを連れて行ってみたかった」

両親に挨拶《あいさつ》する時に緊張《きんちょう》する彼を、私の家族と交流するイルを見てみたかった。

けれどあの場所にはもう二度と行けないし、たとえ行ったとしても私の家族はもういない。

イルとの出会いはあの世界と引き換《か》えに手に入れたもの。

ただ今は、それを惜《お》しいとは思わなかった。

「今日ここに来られて良かった」

「俺も、君を連れてこられて良かった」

穏《おだ》やかに笑い合ってから眠《ねむ》りについた次の日。

ご両親に惜しまれつつも帰る時間が来てしまう。

イルがアトラを連れに行っている間にご両親と会話をしていると、またイルの母親にぎゅっと手を握《にぎ》りこまれる。

「あなただけでも遊びに、ううん、帰って来てね。あなた達の様子を見ていたらちゃんと本気だってわかるもの。結婚式はまだ先だけど、あなただってもう私達の娘なんだから、ここはもうあなたの家でもあるのよ。だから今度来るときはただいま、って帰って来てね」

そう言って笑うイルの母親の顔を見て、胸の奥から泣きたくなるような衝動《しょうどう》がこみ上げる。

元の世界では天涯孤独《てんがいこどく》と呼ばれる状況だった。

もういい大人だったし、そして読書という没頭《ぼっとう》できる趣味《しゅみ》もあり、それを辛《つら》いとか寂《さび》しいとか思った事は無い。

無い筈《はず》なのだが、それでも新しく家族が出来たという喜びがじわじわと湧《わ》いてくる。

二人並んで立つ彼らは、私の大好きな相手、イルと似た優《やさ》しい笑《え》みを浮《う》かべていた。

この人たちが、新しい私の家族。

「……はい、うん。また、来るね」

「ええ、待ってるわ」

二人に見送られ、名残《なごり》惜しい気持ちを抑《おさ》えてイルと二人で帰路につく。

知り合いどころか今まで生きて来た時間すら無くなってしまったけれど。

そこで出会った愛しい人と、新しく出来た家族。

これから生きていく世界で、また私に大切なものが出来た日だった。

あとがき

初めましての方も、別の作品を読んで下さった方も、『異世界に救世主として喚ばれましたが、アラサーには無理なので、ひっそりブックカフェ始めました。』をお手に取っていただきありがとうございました。

この作品は私にとって初めて書いた小説です。

偶然「異世界転生・転移マンガ原作コンテスト」を知り、たまたま思いついたこのお話を書き、そして受賞させていただいたことをきっかけにして他の小説も書くようになりました。

初めて書いた小説ということもあり知識も少なく、当時ネットで公開し始めたこのお話は段落も文面もぐちゃぐちゃで、書籍《しょせき》化の際に読み返していると自分でも頭を抱《かか》えてしまうほどの部分もありました。

それでも、今思い返しても、この話を書き始めた時が一番楽しかったように思います。

面白《おもしろ》いと言って下さる読者様に支えられ、頂いた感想に励《はげ》まされながらとても楽しく書き終えることが出来ました。

この小説が無ければ他の小説を書くことも無く、そして文章を書くという楽しさも知らずにいたと思います。

思い出深いこの小説を書籍という形にしていただき、とても嬉《うれ》しいです。

話を書き始める際、異世界に転移したとしても自分からはまったくその世界に干渉《かんしょう》しない主人公にしようと決めていました。

そうして出来上がったツキナは三十三歳ということもあり、自分の世界がしっかりと出来上がっているために変化を望まず、決して無理はせずに危険だと判断した場合は絶対に近付かない主人公です。

物語の片隅でひっそりと生きる、ゲームならば登場すらしないようなモブをイメージしました。

自分の生活を守るために、勢いだけで行動することが難しくなった大人の女性。

異世界に行くという、想像するとワクワクするような体験ですが、もしもそれが現実に起ったとしたら、そんな大人の立場ならばどうなるだろうと考えながら書き進めました。

独身主義者が増えてきたと言われる現在、ツキナのように趣味《しゅみ》に生き、一人で生きる世界が完全に構築されている方も多いと思います。

そんな方々にとって、異世界転移というのは決して魅力《みりょく》的なだけのものではないのだろうな、と。

けれどその面倒《めんどう》な世界でも、自分の世界の根本を壊《こわ》すことなく、今以上に自分にとって快適な生活を送ることが出来るとしたら、一人の世界が構築されていることで楽しめることもあるのではないかと思いました。

そんな前提のもと書き進めた、異世界らしくない、どこか現実的なこのお話を楽しんでいただければ幸いです。

最後にこの場をお借りして、書籍化に至るまでの関係者様、ネットやコミックス、そしてこの本を手に取って読んで下さった皆様《みなさま》に深く感謝申し上げます。

和泉杏花

BEANS BUNKO

「異世界に救世主として喚ばれましたが、アラサーには無理なので、
ひっそりブックカフェ始めました。」の感想をお寄せください。
おたよりのあて先
〒102-8177　東京都千代田区富士見2-13-3
株式会社KADOKAWA　角川ビーンズ文庫編集部気付
「和泉杏花」先生・「桜田霊子」先生
また、編集部へのご意見ご希望は、同じ住所で「ビーンズ文庫編集部」
までお寄せください。

異世界《いせかい》に救世主《きゅうせいしゅ》として喚《よ》ばれましたが、
アラサーには無理《むり》なので、ひっそりブックカフェ始《はじ》めました。

和泉杏花《いずみきようか》

角川ビーンズ文庫　22199

令和2年6月1日　初版発行
令和4年1月20日　5版発行

発行者――青柳昌行
発　行――株式会社KADOKAWA
〒102-8177　東京都千代田区富士見2-13-3
電話 0570-002-301（ナビダイヤル）
印刷所――株式会社KADOKAWA
製本所――株式会社KADOKAWA
装幀者――micro fish

●お問い合わせ
https://www.kadokawa.co.jp/（「お問い合わせ」へお進みください）
※内容によっては、お答えできない場合があります。
※サポートは日本国内のみとさせていただきます。
※Japanese text only

ISBN978-4-04-109175-3C0193 定価はカバーに表示してあります。
◆◇◇

WEBで大人気!
ひきこもり姫が
女王回避へ孤軍奮闘!?
「女王陛下と呼ばないで」
柏《かしわ》てん
イラスト／梶山《かじやま》ミカ
リンドール国王の孫娘の私・フランチェスカはおうち大好き、チェス大好きなひきこもり。でも突然女王候補に選出されて、有能すぎる王様候補の貴公子達――俺様なスチュアート、頭脳派のシアン、クールな騎士・アーヴィンと王位争いを……って、そんなの無理です!!
①②巻
好評発売中

●角川ビーンズ文庫●

角川ビーンズ小説大賞
原稿募集中！
ここが「作家」の第一歩！
イラスト／伊東七つ生
賞金 大賞 100万円
優秀賞 30万円
奨励賞 20万円
読者賞 10万円
締切 3月31日
発表 9月発表（予定）
応募の詳細は角川ビーンズ文庫公式サイトで随時お知らせいたします。
https://beans.kadokawa.co.jp